GOBOOKS
& SITAK
GROUP©

GOBOOKS
& SITAK
GROUP©

三日月書版

三日月書版

高昌
王妃
GAOCHAN
OUHI
上
黛妃
illust. JNE*靜
ER02
三日月書版

CONTENTS

第一章

昏天暗地的大地震後，被掩埋在廢墟下的季婉，走到了生命盡頭。

最後的每一分每一秒，她都貪婪地汲取著最後的薄弱空氣，直到越來越虛弱……

她才剛上大學，還那麼年輕，可惜再也沒有未來了。

失去意識的那一刻，耳邊傳來一陣轟鳴聲後，她感覺到自己猛然下墜，好似落入了萬丈深淵，那樣清晰的恐懼，扯回了她最後一絲清醒。

啊——

落地的那一刻，季婉驚恐地緊閉著眼，只能感受到自己似乎落到了沙地上。果不其然，一陣大風而過，黃沙吹了她一臉。

季婉有些不確定地睜開了眼，淚眼朦朧中，她彷彿看到了一個新世界。

湛藍天空下，是連著天際的連綿沙漠，周圍黃沙紛飛，遠處還隱約傳來駝鈴聲……

季婉愣怔了好久，如果不是手心裡的黃沙太真實，她還以為自己在做夢。

所以，自己……還活著？

劫後餘生的欣喜並沒有讓她高興太久，因為眼下的環境，似乎不比地震安全。

她試著坐起來，身上的雪紡長裙已然髒破不堪，腳下的高跟鞋也只剩一隻了，她下意識地摸了摸不久前的傷口，卻驚愕地發現被砸中的右手肘上，什麼都沒有！

她明明記得，房子塌陷下來時，手肘被鋼筋劃了好大一道傷口。雖然那時無法用雙眼確認，卻能清楚感覺到傷口傳來的劇痛。

可是，現在什麼都沒有……

不僅如此，連小腿上的多道刮傷也不見了。不知道是不是她的錯覺，總覺得這黃沙襯著皮膚，讓她看起來更白皙了。

儘管心底疑惑越來越多，她卻不能再停留了，這漫天的黃沙，如果不趕快離開，只怕又要經歷一場危機了。

行走在沙漠中，遠比電視劇裡看著更艱難，每一步都難以找到重心，踩下去拔出來都是個費力的過程。

看來鞋子是穿不了了，她只能咬著牙赤足走，黃沙燙得她腳底發麻。

蔚藍飛雲的天空下，沒有飛鳥，也沒有草木，只有凜凜風聲掠過黃沙一角露出森森白骨。經歷過一場死亡的季婉，膽子倒比以前更大了，越過三五成群的人頭骨，她加速了腳步。

忽然，她似乎聽到了一些不一樣的聲音，雖然夾雜著痛苦，卻是真實的人聲。

猶如找到了綠洲一樣，她欣喜若狂地朝聲音跑去，她確信在那一邊有著同類，事實也確實如她所猜測。

不過，狀況卻不太妙。

那是最原始的屠殺，明晃晃的彎刀高高舉起再落下，一股鮮血就噴灑在黃沙上，很快，豔紅的血滲透在沙裡，留下一圈暗紅印記。

混亂的人群足有百來人，四下尖叫逃竄的人穿著古老的異族服裝，有男有女，有老有少。舉著刀的那一伙人，人數不多卻武器精良，騎在銀甲駿馬上，一刀便斬落一人首級，他們戴著金色的狻猊面具，和著腥風血雨，大聲又殘忍地笑著。

難以置信的畫面讓季婉以為是在拍電視劇，她四處張望著想要尋找攝影機，才驚恐地發現，竟是真實屠殺上演！

突然，一名年輕少女抱著襁褓朝她這個方向逃了過來，嬰兒的啼哭和她臉上的懼怕越來越近，季婉眼睜睜地看著，一把彎刀晃著寒光呼嘯著旋轉飛來。

「啊！」

她和那名少女同時出聲，後者卻是痛呼著倒下了，緋色的燙金孔雀頭紗下是金色長卷髮，一張極美的臉痛苦扭曲，她極其不甘地掙扎著，可是那把彎刀已經從她的後背穿透到了前胸，鮮血染紅了懷中的襁褓，她如何都不肯鬆手，眼睛死死盯著前方的季婉。

饒是季婉膽子再大，也忍不住慌了，她還是第一次看到死人，小腿肚一軟就摔坐在地。

她看得出來，那個少女是在向她祈求，如果可以，她當然會上前，可是現實卻不允許她這麼做。

這場廝殺已接近尾聲，嬰兒的啼哭惹來了殺戮者，對於季婉這個單槍匹馬闖入的人，他們不費吹灰之力便包圍了她。

從白馬上躍下一個男人，他步履輕快地走向已經斷氣的少女，戴著白色泛金絲手套的大掌，握住插在少女後背的黃金刀柄上，不帶一絲人情味，甫一拔出，那血肉分離的聲音，便清晰地入了季婉的耳朵。

不知道是不是錯覺，她總覺得那個男人用著很恐怖的眼神在看她……

馬上又下來幾個男人，他們率先走到了男人身側，拖開死去的少女，徒留下一攤暗紅中的孤單襁褓。

只見男人用滴著血珠的彎刀挑開了襁褓的繫帶，不著一絲的嬰兒便暴露在了黃沙中。男人看了一眼，顯然是確定了什麼，手中的刀再次落下。

「啊！」

季婉再也受不了了，驚恐地捂住了眼，胃裡難受極了，額頭上冷汗不斷。

突然，有腳步聲朝她過來，這個感知讓她極度不安，偷偷看去時，卻發現那個男人已經站在她面前了。

她還是頭一次見到這麼高大的男人，銅牆鐵壁般的強壯身軀擋住了她的所有視線，下一秒那把血跡未乾的刀鋒已經移到了她細長的瑩白脖子下。

她驚嚇過度，試圖狼狽地往後退了退。

這個舉止似乎惹到了男人。

她清楚地感覺到刀鋒是如何穿過她的長髮，抵在她的後頸上，鼻息間都是濃濃的血腥味，她相信，只要再動一下，她的下場應該會比那個少女更慘。

「不、不要殺我……」

她笨拙地顫慄祈求，卻不經意看到了男人面具遮擋下的眼睛，竟然是悠悠的綠色，猶如綠寶石般，不，更像是嗜血的狼王。

陰狠、冷戾。

「漢人？」

她只能看見他的薄唇微動，字正腔圓的兩字，從他口中而出，除了森沉便無其他了。

季婉忙點了點頭，她不知道現在是什麼年代，不過看樣子她應該不是在中原，如果是唐朝，她的漢人身分或許還能救她一命。

果不其然，緊貼著她脖頸的刀鋒漸漸撤離了，直到那股血腥味徹底消失，她才大大地鬆了口氣。

不過，她的另一個危機卻隨之而來。

男人在收回滴血的彎刀後，竟然單膝跪在季婉跟前，近距離地看著她。

「妳很美。」

季婉愕然，她聽得出那是讚嘆，可是對上那雙滿是戾氣的綠眸，她直覺渾身發冷，心如擂鼓幾乎頓停。

隔著白色的金絲天蠶手套，男人的手指落在了季婉的臉頰上，輕輕地勾了勾，在她恐懼地想要躲開之際，一掌劈在了她的頸上。

失去意識之前，季婉隱約看到男人掀開了金色面具……

「妳是我的了。」

第二章

季婉這一覺睡得並不踏實，不斷轉換的夢境裡，從未離開鮮血的腥味，似乎總有一群人想要殺她。

「啊！」

從夢中驚醒時，她驚悸了許久，直到視線掃過四下，才回過些神。

已經不是那片燥熱的沙漠了，偌大房間中的擺設如古時宮殿，還帶著滿滿的異域風情，波斯地毯、白玉案、珊瑚樹、瑪瑙盞……極盡奢靡。

揮開身上白色狐絨製作的毯子，季婉手腳有些無力地下了大床，不知何時自己的衣服也被換成了雪白色的絲綢長裙，繡著牡丹花的略低抹胸邊墜著不少飽滿圓潤的珍珠。

赤腳踩在朱錦長毯上，她才發現室內置放的幾處硨磲玉臺上，竟是用了斗大的夜明珠以照明，暖鬱的光芒極為亮麗。

掀開紅寶石和著瑪瑙製作的珠簾，她差點被一室華麗晃傻了眼。

走到了外殿，卻發現更大。

可惜此時她無心欣賞，急步走至大門處，想要推開門。

還不待她發力，泛著幽香的桐木大門被人從外面打開了，突然出現的高大身影，嚇得季婉退了好幾步。

男人穿著黑色緊身的胡服錦袍，微卷的墨色長髮被一頂赤金嵌寶石的王冠束起，深邃的五官，是異域美男的標準，而對上那一雙悠悠綠眸，季婉就知道他是誰了。

「醒了？」

摘掉面具的男人極為俊美，卻更加帶有危險感，冷峻的面孔如同那一雙陰沉的眼，讓人不敢直視。

眼看著他一步步過來，季婉下意識地往後退去，她著實害怕這個差點殺死她的男人。不承想，男人竟直直越過她，走向了後方的高席，等她再轉身看去時，那人已然倚在玫瑰紅蹙金玟花大椅上，慵懶地喝著瑪瑙盞裡的葡萄美酒了。

他似乎未打算說話，或許是在等她先說？反正，季婉率先敗下了陣。

「那個……請問這是哪裡？」她的聲音屬於純美的那一種，在凝結的寂靜中，稍微帶了一絲顫抖，卻意外多了一種可憐無助的味道。

「高昌王庭。」男人放下了手中的酒杯，向她看去，冰冷的視線牢牢鎖住她玲瓏有致的身軀，莫名危險。

聞言，季婉驚愕。

高昌？那個新疆西域的古高昌國？所以自己是整個人穿越了？真的不是自己亂入到什麼

劇組裡面？

「那……你是誰？」

「闞首歸。」

電光火石之間，季婉驀地想起了這個名字，北魏時期的第三代高昌王！此人有卓越的政治能力，曾殺弟奪王位，短短幾年一手強大這個西域古國，可惜最後……

穿越真是件奇妙的事，曾經存在於歷史記載上的人，竟活生生地坐在自己面前！季婉充滿好奇地看了看，此時的闞首歸還很年輕，現在應該還是他父親在位的時間。

大概是她探究的視線過於炙熱，男人冷冷抬眸對上了她的眼，碧色幽寒嚇得她肩頭一縮。

「妳叫什麼名字？」

「我、我叫季婉。」

第三章

季婉被軟禁在這座華麗宮室裡三天了，期間闞首歸並未再出現，她的緊張感也漸漸鬆懈了不少。

高昌王庭可謂是荒漠中的一顆璀璨明珠，乃是古絲綢之路的必經地，又以柔然為依，繁茂富庶可見一斑。梳著長辮、戴著豔麗頭紗的侍女們唱著胡曲，偶爾季婉還會為她們撥動琵琶，看著她們在庭院裡翩翩起舞，賞心悅目。

「娘子的琵琶彈得真好。」

穿著露臍紅裙的侍女端著放滿水果的玉盤坐在季婉身邊，替她拂開華帳上吹動的薄紗，只聽那精裸的手臂上數個赤金臂釧瑱瑱清響。

季婉嫣然一笑，她從小就喜歡琵琶古箏類的樂器，直到上高中後才不再碰這些，一心一意地專注學業，期盼能考入名校。

苦讀了三年，終於考上了夢寐以求的大學，沒想到一場地震把她帶到了這個奇異的古國來。

「妳笑起來真美，莫怪乎大王子要將妳關起來。」萊麗盈盈笑著摘了葡萄遞到季婉嘴邊，單純地讚美著。

季婉緩緩張口，葡萄的甜溢滿了味蕾，可是嘴角的笑再也不復方才歡悅了。

猶記得三天前闞首歸走時說的話——

「放妳走？我說過妳是我的，想走？沒那麼容易。」

「娘子似乎不高興？娘子可不知，王庭裡多少女人都想嫁給大王子呢，可惜大王子看都不看一眼，前不久連烏夷國的阿依娜公主都被拒絕了。」

季婉被萊麗的話語打斷了思緒，看著豆蔻年華的少女提及闞首歸時的思慕羞澀，她淡淡一笑。那人除了冷酷可怕之外，確實俊美得耀眼，聽說他的母親是柔然人，混血的基因讓他更是品貌非凡。

「闞……呃，大王子娶妻了嗎？」季婉有些好奇，畢竟她在這裡住了三天，除了侍女之外，再也沒見過其他人。

「當然沒有！去歲時王要為大王子指婚，大王子卻說在等心中的天女……我看娘子可能就是大王子要等的天女了，不然大王子也不會帶妳回來的。」

俏麗的少女眼中散發出燦然的光芒，看得季婉不安起來。回想一下闞首歸將滴著鮮血的刀勾在她脖子上時的森森殺氣，她又覺得害怕了。

拜託，什麼天女的……千萬不要是她！

放下手中的琵琶，季婉從華帳中走了出去，赤腳踩在長氈上，寬敞的庭苑裡雪柳盛放，簇簇白花在烈陽下散著濃郁的清香，中央處有一個玉石堆砌的大池子，澄澈的水中開著幾株無根白蓮。

沙漠天氣實在過於燥熱，季婉順勢坐在了池畔陰涼處，攏起嵌滿寶石玉珠的錦繡裙襬，將雙腳慢慢浸入了池中，透骨的清涼舒暢，讓她舒服得美目微揚。

聽著不遠處傳來的胡琴笙歌，她有一下沒一下地輕晃著腳丫，圈圈漣漪蕩得水面上的無根蓮漂浮不停。

哪怕是到了而今目下，這個奢靡神祕的西域古國，似乎都只是季婉恍然中的一個夢罷了……

「妳倒是會享樂。」

驀然冒出一道聲音，嚇得季婉驚惶地轉頭看去，便見消失了三天的闞首歸正負手於金壁拱門下，並用一種奇怪的眼神看著她。

季婉不安無措之際，闞首歸大步地走上前，陰戾的碧眸深邃，峻挺的高大身形一點一點地將坐在池畔的季婉納入他的陰影下，壓迫而懾人。

低著頭的季婉挺直了纖細的腰背，警惕防備的模樣讓闞首歸冷冷一笑，伸手按住了她的肩頭，將她想要起來的舉動壓了回去，目光終是落在水中那雙瑩白細嫩的蓮足上。

「聽說漢家女子的腳，只能給自己的丈夫看。」

一語點醒夢中人！

季婉不是這個時代的人，自認為露腳是很平常的事，可她就怕在闔首歸看來，這會變成赤裸裸的勾引，慌忙想將腳收起來。

不料身旁的男人比她還快，長臂一伸，一把擒住了抬出水面的蓮足。

「啊！你、你鬆手！」

散著絲絲清涼的腳踝肌膚細膩的滑手，泛著燥熱的蒼勁大掌捏了捏，很快又緩了幾分力道，似乎生怕捏斷那纖細的骨頭。

「妳的腳也生得甚好看。」

季婉被他眼中透出的幽光嚇得不輕，淨白無暇的粉頰都急紅了，右腳還是第一次被異性觸摸，感覺太詭異了！

闔首歸一個輕輕地抬高手，就迫使坐在池畔的季婉不斷往後仰去，絲薄的錦繡裙襬往下滑落，露出勻稱纖美的小腿和膝蓋，欺霜賽雪的白讓男人頗是悅目。

粗糙的指腹緩緩摩挲著細嫩的肌膚，帶著探究和逗弄，嚇得季婉頭皮都發麻了。

「妳是如何出現在塔里哈的？從盛樂而來嗎？」

季婉的心猛地繃緊，盛樂是北魏朝的國都，塔里哈應該是那片她掉落時的沙漠，她該怎麼解釋自己單獨出現在一望無垠的沙漠裡？

就在她左右為難不知如何答覆時，闞首歸逕自坐在了她身旁，握著她右腳的手微微一緊，更甚放肆地把玩起珠圓玉潤的玲瓏腳趾來，一邊冷然說道：「父王最近正在抓北邊來的細作，不論男女，全部剝皮下油鍋。妳這般的美人，若是生生剝了皮，也是可以留作觀賞的。」

「剝、剝皮？」季婉面色驟變，整齊的貝齒緊咬住唇瓣，碎滿水光的明眸瞳孔微縮，充滿了恐懼。

闞首歸鳳眼微挑，他有一半的柔然血統，高挺的鼻梁下薄唇殷紅的豔冶近乎妖異，碧色的眸看著顫巍巍的季婉，森然說道：「不過，只要妳乖乖待在這裡，自然無憂。」

換言之，她若是不乖……

燥熱的風陣陣湧動，兩人相距不遠，季婉依稀能聞到一股淡淡的血腥味，是從闞首歸身上傳來的，她瑟縮地看了看他身上的胡服，金絲線錦繡的墨色綢緞上隱約可見幾團乾涸的痕跡。

他又殺人了！

腳踝間傳來一股劇痛，季婉回過神來才發現男人在等著她的回答，而現下她似乎別無選擇，只能倉皇點頭。

死裡逃生穿越一次，居然遇上了這麼可怕的變態，季婉覺得自己運氣背到家了。

闞首歸這才有了笑意，將季婉尚且滴著水珠的腳放在懷中，掏出了一樣東西往她腳踝上扣去，叮叮清響的小鈴鐺聲脆悅耳。

季婉怯怯地看向右腳，結了環釦的赤金腳鏈極為精緻，輕輕一動，墜在周邊的小鈴鐺就響個不停，看著闞首歸愛不釋手地撫摸著鈴鐺，她莫名有種被戴上了腳鐐的錯覺。

「喜歡嗎？」

察覺到她的緊張抗拒，闞首歸有些失望地勾了勾唇：「妳似乎很害怕我，所以很不願意跟我說話？」

他的聲音異常低沉，入耳餘音懾人心魄，比季婉聽過的任何一個聲優都還好聽，可惜帶著太強烈的陰沉感，讓她只剩害怕了。

季婉悶聲不語，似乎是默認了他的話。

闞首歸心中頓生不豫，握著懷中嫩白如珠玉的蓮足往嘴邊一湊，在季婉驚懼的瞪目下，張口含住了飽滿粉潤的大腳趾。

轟！

季婉整個人如同被雷劈了一般，再也坐不住了，發軟的小腿使勁一蹬，逃命似地往玉臺下跳去。

腰間豁然一緊，坐在池畔的闞首歸已經抓住了她，撈著婀娜的窈窕身姿，不用吹灰之力就將季婉拋入了池中。

「啊！」

頓時水花四濺。

短促的尖叫後，季婉圍在手臂上的菱花薄紗漂散在水面上，只見一雙嫩藕白皙的玉臂奮力拍打著。

池水頗深，不會游泳的她被四面八方湧來的水嗆得幾乎昏厥。此時站在池畔的男人才跟著跳了進來，將她拽入懷中。

「妳不會泅水？」

這個疑問有些懊惱。

第四章

沒了披帛遮掩的少女身姿盡顯，露臍的軟緞小衣透濕，闞首歸低頭便瞧見一道深深的玉乳溝壑抵在自己胸前，目光微沉，一掌握住季婉細滑玉潤的柳腰，一手順勢扣住了她的下頷。

「你、你要做什……唔！放開──」

他的吻毫無技巧，輕觸後便是用力地舔弄啃咬，含著顫抖的櫻唇，大口大口地輕薄著。軟嫩的唇瓣如同染了蜜般讓他著迷，急促的粗喘中，他掐著季婉的腰狠狠用力，緊閉著的牙關不得已吃疼鬆懈。

「唔！」

季婉還是初吻，遇著闞首歸狼一般的凶殘掠奪，嚇得只能拚命揮手捶打他，蹂躪在唇間的粗糙大舌卻已肆意闖進了口中。

少女的檀口香甜軟滑，無一處不是美妙的，便是那齊整的貝齒也讓男人瞬間著迷，大舌狂亂地襲捲其中，就著濕濡的唾液捲住她無措的小妙舌，狠狠索取。

季婉整個人被闞首歸擒在懷中，沾不到地的蓮足在水中胡亂踢著他的雙腿，被惹急的男人直接抱著嗚咽不斷的她，重重壓在了玉璧池畔上。

綿長的吻加劇著，初次的唇舌交繞讓闞首歸情不自禁地沉淪，懷中少女又軟又香，便是那張嬌小的嘴兒，也甜得蝕骨。

聽著耳畔幽幽不住的嬌吟輕泣，他只覺周身燃起一股燥火來。

按著楚楚動人的季婉，更加用力地吸吮啃弄，彷彿要將她生吞入腹。

「嗚嗚！」閉合不了的小嘴被男人的舌頭堵滿，連呼吸都只能靠著對方渡來的氣息維持，嬌軟的小舌已是麻疼一片，口腔裡方才泌出的一絲口液又被他速速吞噬殆盡。

啵的一聲……交纏一處的四片唇終於分開了，狂囂的野獸放開了幾近窒息的少女。

「真甜，有葡萄的味道。」

奈何季婉四肢虛軟，眼看又要落入水中了，闞首歸才將她再度攬入懷中，大掌逡巡在她露出的腰腹上，瑩白的雪肌嫩得幾乎能掐出水，再往上便是起伏不定的高聳玉峰了，誘得他想直接撕碎那件單薄的小衣。

第一次，亢奮的衝動充斥著身體，她的味道讓他回味無窮。

碧眸深沉，看著半倚在池壁的溫軟身子微微顫抖，他再度欺身上去，原是粉嫩的櫻唇此時煞是嫣紅豔麗，收斂了幾分粗暴的溫熱大舌又一次入了那小小的檀口中。

這回他不再急迫，而是溫柔地含住了她瑟縮的妙舌輕輕逗弄，生疏地耐心安撫，不斷渡來的口涎滋潤了受驚的小嘴，攪著腔壁漸起的濕潤，他將自己的氣息一點點地占滿了她的唇舌之間。

半暈狀態的季婉根本抗拒不了，乖順地躺在他身下，順勢而上揉在胸前的大手，捏得她頃刻面紅耳赤，一絲細細的嚶嚀猝不及防從唇間溢出。

呆傻的她連眼睛都忘記閉上了，愣愣地看著在面前放大的俊美面龐，不再陰戾的碧綠眼眸帶著誘人的妖冶感，她甚至能從中看見自己桃頰緋紅的狼狽模樣……

「咳咳……」

曖昧的交纏聲中，他渡來的口涎太多，吞嚥不及的季婉被嗆到了，待他堵在檀口中的舌頭一退出，便劇烈地咳個不停，唇瓣紅腫一片。

闞首歸稜角分明的冷峻面容上泛起了淡淡的笑，淨長的手指將季婉浸濕的烏黑長髮撩到耳後，露出大片的雪白頸項，戴著紅寶石戒指的玉色長指輕輕遊走其上，透著幾絲燥動的炙熱，摸得季婉一陣顫抖。

在嘗過她的味道後，他變得貪婪起來，除了檀口中的香甜，他更想得到她的一切。陰沉的目光落在她掛著珍珠手環的手腕上，晃眼的白皙竟比那圓潤的珍珠還瑩美，他忍不住擒過她的手，在她錯愕的愣怔中，往水下按去。

季婉驚恐起來，清涼浸骨的絲絲冰涼下，男人胯間正凶神惡煞的頂起一根巨碩無比的東西，很硬很硬……

活了十八年，她還是頭一次遇到這般可怕的事，先是初吻被奪，接著就摸到了男人最不該摸的地方。

少女的手過於細嫩，緊觸在堅硬的炙熱上，單是那軟綿綿的顫慄柔軟，就足以讓闞首歸失態。他捏著季婉掙扎的五指，低頭親吻著她的耳畔，甚至將透著緋色的耳垂含在口中，捨不得離開。

「別亂動，我知漢家女子重貞潔，我不動妳……幫我揉一揉吧。」

情欲漸起的男聲磁性滿滿，被壓制住的季婉卻怕得不行，咬著紅腫的唇，美眸裡一片水霧泠泠，還有深深的恐懼和憤怒，纖細的指腹被強制摩擦在那駭人的猙獰巨物上，又燙又硬，當真羞恥極了。

須臾，一手根本握不住的巨棒更加雄壯起來，耳畔男人的低喘如獸息般震撼，包住她五指的大掌越發急促，好幾次將她纖嫩的小指纏在了胯間雜亂生硬的毛髮中。

「放開我！」

滿腦子都是那粗壯恐怖的形態，季婉實在忍不了了，避開闞首歸狂熱的親吻，抓在他腰間玉帶上的小手蓄力朝他頸間抓去，修剪齊整的指甲頓時在他優雅淨長的脖頸上留下了三道血痕。

陡然的變故迫使闞首歸放開了季婉，他呼吸紊亂地摸了摸頸間的痛處，溫熱的血液染了一手，映滿殷紅的深邃碧眸頃刻寒戾。

「真不乖，這可是妳自找的。」

眼看季婉哆哆嗦嗦地爬上了玉臺，濕透的軟緞長裙緊裹在挺翹的臀部上，站在池中的闞首歸冷笑著一把拽住了她的右腳，腳鏈上的鈴鐺立刻響個不停。

「啊！你鬆手！放我走！」清淚滿面的花容失色，扣在腳踝上的手掌冰涼地如同毒蛇纏繞一般。

他用力將她往回扯，她掙扎著想抓住一切，卻是徒勞，只能驚慌地哭喊著。

眼見蓮足玉腿拚命踢在水面上，闞首歸反而被如此的季婉撩起了興致。

趁季婉跌回水中之際，闞首歸鬆了些手勁，讓她又往玉石池壁上爬了幾分，視線緊落在她扭動不停的渾圓臀部上，這般咫尺相近的距離，她的姿勢充滿了誘惑。

「長了爪子的小野貓可放不得。」

季婉驚慌啜泣，此時的她不過是他股掌之間的玩物罷了，一旦被重新拖回池中，再想離去怕是難了，說什麼也不肯鬆開抓住池壁的手。

「求求你不要這樣……啊！」

原是甜美輕柔的聲線，這會亂得可憐又悅耳。

矗立在水中的高大男人被撩動得燥熱無比，盤旋在腦中的亢奮衝動一股勁兒地往下腹衝去，他忍無可忍地抬手捏住季婉的半邊玉臀，在她的尖呼中，用力一扯。

嘶啦！

輕紗軟緞的長裙瞬間碎成了片，落在蕩漾的池水中，眨眼的功夫，季婉就被闞首歸攔腰抱入了懷，往池壁上重重一抵，寬闊的胸膛壓得她直不起身。

「放開我放開我！」

沒了長裙，連帶綢褲也被撕碎了，白嫩的勻稱雙腿光溜溜地晃蕩著。

極度危險的姿勢強壓下，那俊美妖異的男人直接將手探入了她的腿心間！

第五章

粼粼清澈的水波下，少女的臀雪白嬌翹，自玉股探入腿間的大掌生生扣住她微凸的陰阜，最是嬌嫩的花唇緊貼著手心在顫慄，柔柔的溫熱一路竄進了闔首歸堅硬的心中。

「又軟又嫩，這縫兒合得倒是緊，妳還是良家？」

他的手指緩緩輕摸著她下頭的唇瓣，和著清涼的池水，挑逗褻玩，連陰戶上纖卷稀疏的毛髮也被他用手指絞住，趴在池壁上的季婉小臉慘白不已，閉著眼睛哭得憤然惱恨。

「我比你清白多了！」

闔首歸微怔，沒想到這女子還有這份氣魄，壓住她後背的胸膛又沉了幾分，聽著她恐懼的嗚咽，他有些不悅。

他就這般可怕？

「別哭了，逗妳呢，知道妳還是良家，待明日我便去告知父王，納妳做側妃。」

話音將落，卻聽見身下的女人哭得更厲害了，又開始拚命掙扎起來。

闔首歸只得抽出了扣在她陰戶上的大掌，將她從水中抱起。

他還是頭一次知道女兒身姿如此柔軟馨香，沉寂二十六年的心開始有其他事物闖進來了。

「不許哭！」

掐著季婉瑩白的下巴將她的臉從懷中抬起，不得不說這女人生得完美，哪怕是哭，眉眼仍是嬌嫵動人，若非那雙眼圈微紅淚水盈滿的美眸裡添了幾分厭惡和怕，他還真當她是在勾引他了。

「側妃不願，那便做正妃。」

鬼使神差的，闞首歸便將要相伴一生的重要位置許給了季婉。

他從不曾沾染過女人，在沙漠裡看到季婉再到要將她帶回王庭，這個念頭只在瞬間就形成了，那一刻鮮血的味道讓他明白自己是清醒的，現在他依舊如此。

沒想到，季婉根本不為所動，還不要命地回了一句：「誰要嫁給你！」

若說不久前季婉答應闞首歸乖乖留下，是不得已的，這會兒她是將生死忘之腦後了，接二連三的驚嚇讓她更加害怕這個男人，別說嫁給他，就算只是讓她留在他身邊一時半會，她都不願意！

「不願意嫁給我？」

闞首歸碧眸冷厲，不再多言，掐著季婉的腰將她再度按回了池壁上，隨之解開了自己的長褲。

「你要做什麼！啊！」

巨壯的粗碩陽物直接插進了她的腿心嫩處，炙硬的棒身惡狠狠地摩擦著她夾緊的腿畔，細嫩的花唇被磨得生疼。

闞首歸箍緊了那兩條在胯下戰抖的玉腿，重重地抽動下身，碩大的頭端擦著緊閉的陰唇，抵著柔滑的腿心，異樣的舒暢湧上心頭。

「嗚嗚！王八蛋！闞首歸你這個神經病！」

過門不入的交合方式讓季婉下身一片難受，只覺不斷撞上來的東西脹如硬鐵，好幾次前頭上的肉冠刮著雙唇下的嫩肉，詭異的酥癢讓她登時心慌，急迫之下就口不擇言了。

身後的男人卻毫不憐惜，狂擺著腰身，撞得池水四溢，還甚是愉悅地宣稱：「這般亂呼夫婿的名姓，可視為不敬，當罰！」

季婉一低頭，便能瞧見比自己手腕粗不少的紫紅肉柱快速地在自己腿間進出。

「混蛋！我不要嫁給你！不要！」

「倒是有幾分骨氣。」闞首歸緩下了抽插的速度，捏著季婉圓潤的臀瓣，森沉的綠眸裡情欲淡淡，更多的是好奇和戲謔。

他究竟撿回了什麼樣的寶貝？

略微紊亂的灼息縈繞在季婉纖細雪白的後頸上，還透著一絲屬於闞首歸的壓迫氣勢，本是無暇的瓷白香肩上已被他吮出了好幾個曖昧的痕跡。

環在腰間的長臂漸漸收緊，最後幾下的撞擊異常狂烈，熱精噴薄的頃刻，闞首歸張口咬住了季婉的後頸，令她疼得直抖，在他懷中就像幼獸一樣無助地掙扎著……

第六章

不知多久後，季婉才被闞首歸從池中撈出抱回了寢宮裡，放在華麗的大榻上，哭了許久後昏昏沉沉地睡著了……

醒來時，殿中夜明珠的光輝熠熠，已是夜幕低垂時。

她下意識地看了看四周，沒發現闞首歸的身影，才放心了些許，腿心間的灼熱感褪去了不少，一想到那男人箝制著她行那樣的事，季婉又氣又怕。

這裡不能再待下去了。

外殿有侍女的嬉笑聲傳來，季婉撩起金紗長帷下了床，赤腳踩著絨氈，雙腿還有些發軟站不住，顫顫巍巍地走了幾步，腳踝上的鈴鐺響起，清脆的聲響交織如樂，倒不是太吵。

步下臺階，穿過金壁廊道到了外殿，換了鵝黃籠狀紗裙的萊麗笑著迎上前來。

「娘子醒了？晚膳方才備好，正要去喚您呢。」正說著，她卻瞧見了季婉微微紅腫的眼睛，有些訕訕地說著：「二王子從南平回來，宮中設宴，大王子前去赴宴了。」

對季婉這個被大王子搶回來還關在寢宮裡的美人，萊麗是羨慕的，畢竟在她們這些人心目中，大王子是天神一般的存在。

下午庭苑裡發生了什麼事，她並不知道，不過並未走遠的她，有聽見季婉斷斷續續的哭聲，淒然地讓人憐惜。

「大王子聽聞娘子這幾日胃口不好，特意讓人換了北地的膳食。」

季婉抿了抿唇，位處西域的高昌，三餐多是珍稀動物的烤肉，配以眾多水果羊奶或葡萄酒，偶爾還有五顏六色的粟粥，吃一兩餐季婉還能挺得住，多了她也有些撐不住了。往玉質的檯面上看了看，金碟銅鼎中果然換了菜色，烹炒的佳餚色香俱全。

「咦，還有生菜啊？」

有了吃的，曾是美食家的季婉心情都好了不少，趕緊盤腿坐在流蘇錦墊上，拿著象牙筷去嘗。

萊麗解釋道：「那是萵仔菜，早些年駝隊從波斯帶回來的，大王吩咐種植在安昌，往日我們都是生吃，還是頭次見這樣弄。」

好些菜里加了山萸肉，略微辛辣的口感讓季婉大快朵頤。

美美地吃完一餐後，她心中更加確定了要回中原的念頭，塞外的飲食太不適合她了。

幸而闞首歸不知道她這個心思，不然非得氣到吐血……

宮殿外是高臺行廊，大概是闞首歸回來的緣故，守在殿外的一排武士被撤離了，季婉才得以跨出這個關了她幾天的地方。

站在高臺上俯瞰而去，才發現王庭大得難以想像。

萬千燈火依稀可見這個初建的第一代高昌國之恢弘，和中原建築截然不同的異國風格，倒與古印度的宮殿有些相似，巍峨高臺下數不清的宮室矗立，遠遠可見巨大的廣場穿池流水。

「可惜了……」

震驚之餘，季婉還不住惋惜，如此神祕壯闊的古國，最後還是消失在沙漠中了，後世重建的高昌後代卻遠不及此時的鬫氏。

夜華如水，繁星璀璨，季婉慢慢坐在地上，在大城市出生長大的她，從沒有見過這麼美的星空，遙遠的天際如同被輕紗柔柔掠過般，令她移不開雙眼。

「阿嚏！」

沙漠中晝夜溫差極大，高臺上掠過的清風都帶著幾股涼，季婉揉了揉發癢的鼻子，抱住半露的雙臂，仍是捨不得離開。

身後似有腳步聲臨近，緊接著一件厚實的披風披在了她的身上。

季婉以為是萊麗，便沒有回頭，還興奮地道：「我第一次見這麼美的夜空，全是星星，好漂亮……」

正說著，她卻嗅到了一絲酒味，心下一緊，回頭便見鬫首歸站在她身後。

他實在是太高了，胡服下的身軀健碩且比例完美，冷峻漠然的俊美面龐中帶了點笑意，如狼般的綠眸沉沉地看著季婉。

「盛樂的星空確實比不得這裡。」

季婉坐不住了，低垂著頭起身就想走，闞首歸卻張開雙臂將她抱入了懷中，她嬌小纖軟地讓他不敢過於用力，小心翼翼地勒緊她不安分的蠻腰，明亮月光下，低頭將薄唇貼在了她光潔的額上。

「還在生氣？下次不要再激怒我了，那不是明智之舉。」

這輕柔一吻微涼，季婉卻覺得額間滾燙，她用手倉促地捂住了額頭，看著隱有醉意的闞首歸，漸漸停下了掙扎的念頭，喝醉的男人可不能亂惹。

闞首歸抱著突然乖順不少的季婉，抬眸看向月光下榮耀輝煌的王庭，冷冷一笑。

「我阿娘也喜歡這樣的夜。」他低聲道，「她信奉真神，去世前她告訴我，她並不是死亡，而是靈魂被真神招去了，她會化作夜空裡最亮的那顆星，只要我抬頭就能看見她。」

冷冷的語氣中蘊涵了很多季婉難以理解的情緒，夜風裡燈火搖曳，襲來的寒意讓她有些輕顫。

「你、你喝醉了……」

將瑟縮的季婉往懷中攏了攏，闞首歸輕輕握住了她的手，淨白修長的手指上紅色的戒指閃著幽幽血光，混雜著酒氣的炙熱灼息噴湧在她耳畔。

「醉了？或許吧。明天我要去下城，大概兩天後回來，妳要乖一點。」

明天他要離開？季婉登時有些欣喜，這個危險人物走了，她逃離這裡的成功率又大了幾分！

「王庭外的沙漠裡有很多野狼，吃人時連骨頭都會嚼碎。對了，還有很多的蛇，不管有毒無毒，都喜歡將人纏起來，慢慢勒死……」

他有意無意地說著，像是在告訴她一件很好玩的事。

季婉心虛害怕地吞了吞口水，小腿都軟了，狼她還不怎麼怕，但蛇這玩意兒她是真的怕。以前看紀錄片，沙漠裡的蛇簡直讓她毛骨悚然。

「我好睏，我要睡了！」

闞首歸不再攔著她，看著那道纖婉的身影逃也似地入了殿，迴盪在耳畔的悅耳鈴聲，讓他的唇角增加不少暖意。

闞首歸大抵是吃定了季婉不敢再逃跑，臨走前吩咐了不必再關著她，任她在王庭裡隨意行走。

換了異域裙裝的季婉跟出籠的鳥一樣，到處亂竄去了。

陽光下的高昌王庭和月色下的朦朧王國又是一番不一樣的震撼，季婉從鑿了巨型花池的廣場上路過，抬頭看向層疊修築的宮殿東面，隱約可以看見她住的地方，再往中間去，眾星拱月的最高處，那座金碧輝煌的宮殿應當是國王的了。

季婉往西面走去，這邊的建築偏向柔和，不時還能看到些中原宮廷的特色，小橋流水讓她驚嘆不已，最神奇的是她居然看到了一顆巨大的藍花楹，繁茂的藍色碎花開滿了小廣場。

「真美！」

踩著花朵鋪成的天然地毯，沁鼻的花香讓她忍不住閉起眼，提著長裙在樹下轉起圈圈，顧盼生輝，風起落花雨的瞬間，這番美景已然落入了另一人眼中。

花樹下的她猶如仙境神女，婀娜的身影翩若驚鴻，比花還嬌的瓊首，一切都是震懾人心的美……

季婉睜開眼睛時，面前驀然多出一人，嚇得她踩在花中的腳不慎拐到，重心一亂直接摔倒在地。

「啊！」

她這一聲痛呼讓不遠處的人也回過了神，疾步跑上前，月白的深衣長襬迅速掠過落花，蹲在季婉身旁的剎那，兩人都從各自的眼裡看到了驚豔。

很多年後，季婉都還記得這一天的初遇，著了漢家錦服的少年美若冠玉，神采奕奕軒昂儒雅，她彷彿聽見了心動的聲音。

「可無事?·對不起，我不是有意驚擾妳的，方才我——」

「帥哥，你有女朋友嗎？」

對方結結巴巴的聲音停住了，驚訝地看著羞紅了臉的她。

第七章

季婉覺得自己可能是著了魔，怎麼會對初次見面的人說出這種話呢！

「可能傷到了，擦些藥酒吧，我那裡有。」

他撩起了她的裙襬，迫切地檢查她的腳，憂心到已經忘記了男女有別，手指摸在她嫩白的足踝上，有些輕微顫抖。

溫熱的空氣中瀰漫著甜膩的花香，季婉咬著唇，透粉的頰畔浮起可疑的紅暈，她算是知道什麼叫男色誤人了。與他相比，闞首歸的俊美偏於異域妖異，陰冷地讓人害怕；眼前這位的溫柔俊逸，讓人情不自禁心生好感。

「怕是走不得了，我背妳過去吧，不遠。」

腳間的疼減輕了不少，可是一動還是疼得慌，季婉看著少年璀璨的星目，還未回過神就已經本能點頭了。

少年欣喜地笑了起來，朗朗眉宇舒展，落滿陽光的眼中似水的柔情在微漾，讓季婉莫名生出一種奇妙的暈眩感，混亂如麻的心在這一刻平靜了下來。

「有勞了。」

除了父親外，季婉第一次伏在男生的肩頭上。

少年步履沉穩，背著她走得不疾不徐，兩人都不曾說話，卻也不覺尷尬，無形之中似有熟識已久的默契一樣。

走過金壁長廊轉入了一個庭院中，少年將季婉放在了花蔭下的地氈上，抬頭便是纏纏繞繞的碧樹花影，其中還有不少的葡萄串和不知名的果子，季婉感到新奇。

少年取了藥酒過來，才發覺她正望著花果架子出神，那模樣活似一隻流口水的小饞貓，他笑著說：「要吃嗎？我幫妳摘一點。」

季婉也不客氣，指著果串就道：「我想吃那個紅色的果子……啊，還有綠色的，美人指也要！」

「好。」

少年欣然應下，放下手中的藥酒，拿過了小案幾上的竹籃，替季婉採起了果子。但凡她要什麼，他就摘什麼，末了還去洗淨才端來。

沙漠中的午時是最熱的時辰，躲在花蔭果架下的季婉透體清涼，一面吃著品種奇異的可口水果，一面喝著少年端給她的花茶。

「真好吃，之前我怎麼沒有見過這樣的果子呢……對了，我叫季婉，還不知道你的名字呢？」

少年捲起了用靛青線繡著繁紋的長袖，蹲在季婉的腳邊，以手接了藥酒替她揉抹在些微腫脹的腳踝上，小心翼翼地輕緩推拿著。

「……叫我阿成吧，這些果子是我自己種的，我將好幾種果物混接，就有了這些。」

「阿成？」季婉的目光落在他襟口處的寶石墜子上，唯一能斷定的是此人身分不簡單，不過她不是愛追根究柢的人，旋即一笑，讚道：「你好厲害！竟然現在就能研究嫁接了！」

「是我娘教我的。」阿成搖了搖頭，額間熱汗滾落，有些好奇地問道：「妳方才說的帥哥和女朋友為何物？」

季婉正啃著形似梨子的紅果，入口的奶香味甜的她瞇起了眼，嬌俏地吐著舌頭：「別糾結，只是些家鄉用語罷了。」

阿成點點頭，又低頭繼續幫她揉腳。

適中的力度舒緩著關節裡的疼，好吃好喝的季婉也有些過意不去了，掏了晨間萊麗塞給她的手絹，替少年擦拭額間的熱汗。

「沙漠的天氣真奇怪，白日熱得要命，晚上又冷得要命。」

看向季婉燦若桃李的嬌靨，阿成挺直的後背微僵，繡了芙蕖花的手絹泛著絲絲馨香，纖嫩的指腹觸在他的額間，隱有一股不可名狀的酥麻淌入心底。

「你的臉怎麼紅成這樣？莫不是中暑了？快些起來吧，我腳也不疼了，我自己揉揉就成了。」季婉更加不好意思了，若是讓美男中暑，她的罪過就大了。

阿成忙阻了她，急切說著：「我無事。妳別動，會弄髒妳的手。」

「謝謝你。」季婉突然哽咽起來。

他的溫柔觸動到了她，來到這裡好幾日了，她時時處於惶恐，闔首歸的逼迫、未知數的以後……都讓她極度難安。她急切地想逃離這裡，奈何沒遇上好時代，這個時期無論中原還是塞外都戰火連連，臺城裡的皇帝換得同玩家家酒一樣。

天下之大，似乎並無她的容身之處。

「妳怎麼了？是我弄痛妳了嗎？」阿成看著神情懨懨的季婉，有些慌忙無措起來，明明方才還高興著的……

握著手中的果子，季婉悶悶地搖頭，「沒有，我只是想家了，可惜……恐怕再也回不去了。」

「回不去？妳家在何處，若是很遠的話，我也可以送妳。放心，就算妳家在盛樂，我也能送妳回去的，早年我還一個人去過北地呢。」

阿成的話醍醐灌頂的讓季婉想起一件事，她記得地震時，脖子上戴了十幾年的玉珮突然發光，緊接著她就開始下墜，再睜開眼睛就是一片沙漠了，玉珮卻不見了蹤影。

「阿成，你能帶我去塔里哈沙漠嗎？」季婉突然激動了起來，她必須去碰碰運氣，那個她掉落而來的地方，說不定藏著什麼契機！

少年毫不猶豫地點了頭，「當然可以，妳想什麼時候去都可以。」

「就明天！」

「好。」

季婉記得闞首歸說要離開兩天，那麼她明天還有時間，如果找到那個她穿越來的地方，她是不是就可以回去了？

現在問題來了，她記不清確切的方向和位置了，而且遇到闞首歸後，那廝是將她打暈帶回王庭的，她必須要回到他們殺人的地方。

「別擔心，我以前經常去塔里哈，妳大致跟我形容一下想去哪裡，我應該就知道了。」

「真的嗎！」

季婉登時驚喜不已，整整一下午都待在了那個地方，同阿成討論著那片沙漠，直到很晚時，兩人才確定了大概位置。

「明天妳早些過來，我帶妳去，大概午時就能到。」

季婉走時，阿成還摘了一籃子水果給她，將她送回了大廣場上才離開。

心情愉悅的季婉走得歡快，再回過頭去看阿成，卻發現一隊巡邏的衛兵正單手放在胸前，朝他行禮。

季婉邊走，邊猜測著阿成的身分，不過整個宮殿裡她也只知道闞首歸，要猜也無從猜起啊……唉……

黃昏時，火燒雲的天際嫣紅滾滾，回到宮殿時，她正巧看見幾個衛兵從裡面拖出一個人，穿著嫩綠裙紗的少女早已死絕，鮮血污了大片裙襬。

她嚇得捂住嘴，慌忙跑向宮門，一進殿中立刻就後悔了。

「去哪裡了？」

那寒沉的聲音，令季婉雀躍的心瞬間落到了谷底，他怎麼回來了？

第八章

闞首歸慵懶地靠坐在金緞流蘇大椅上，戴著白色金蠶絲手套的大掌一邊握著黃金把柄的彎刀，一邊用潔布擦拭著刀面，微卷的黑髮猖狂披散，側首幽幽看向季婉時，高鼻深目的俊顏上帶著濃濃寒意。

「去哪裡了？」

他隨手丟開了擦拭刀鋒的布塊，落地的絹帕凌亂散開，上面染著斑斑血跡。

季婉抱著果籃的手一緊，咬著唇思忖著是跑還是留，想起方才被抬出去的侍女，雖然平日裡不曾與她說過話，但自己仍對生命的輕易消逝感到悲傷。

「你為什麼要殺死她？」因為憤怒，本是嬌軟的聲音透出了幾分尖利。

闞首歸放下了手中的刀，驟然起身走向她，窄袖黑袍的身材峻挺，金線繡滿騰雲祥紋的襟口嵌著藍色的寶石，冷沉森寒，長腿邁動間悄無聲息。

迎上他毫無感情的碧眸，季婉又膽怯了，她有種被野獸盯上的錯覺，或許下一秒他就要張開血盆大口吞了她……

柳木籃子裡的水果甜香極了，闞首歸走近只看了一眼，就知道季婉去了哪裡，戴著手套的手從籃子裡撿起一顆果子，在指間轉玩了兩下。

「他給妳的？」

強大的壓迫力讓季婉心顫，想來闞首歸是認識阿成的，她還在猶豫該說不該說，那枚被他把玩在指間的果子，卻慘遭毒手了。

紅色的果肉和汁液在他手中濺出，熟透的果子根本不堪重力，他攤開手一揮，碎成渣的果兒掉落在地，而他的手套上卻什麼痕跡都不曾留下。

季婉大概明白為什麼他殺人時會戴著手套了……

「這是別人送給我的，你憑什麼捏碎！」她氣得柳眉冷橫，委屈地鼓起了桃腮，看著闞首歸的眼光已經從瘋子變成了大惡人。

空氣中除了果香還有一絲淡淡的藥酒味，闞首歸更加確定了季婉見過誰，冷笑道：「憑什麼？若是再去見別的男人，信不信我連妳也捏碎？」

他霸道慣了，難得認定的女人，已經在占有欲上被劃分到闞和因的地步。

季婉氣得牙癢癢，她從不知世上還有這種不可理喻的可怕男人，差點忍不住吼出反抗他的話，可是腦中又浮現昨天在水池裡的屈辱樣，她強忍了下去。

抱著果籃的手默默比起了中指。

她現在只祈求上天讓她能快點找到那片沙漠，回到原來的世界去，早點遠離這個變態。

「嗯？在心裡罵我？」闞首歸看著敢怒不敢言的季婉，尤為生趣，較之以往見過的女人，她真的太特別。

季婉懶得理會他，抱著岌岌可危的果籃轉身想去寢殿裡，闞首歸卻一把抓住了她的手腕，只輕輕一捏，她便吃疼地放開了手，裝滿水果的籃子掉了下去，水果散了一地。

「你！」

見她氣得眼睛都紅了，闞首歸依舊不為所動，反而將她往肩上一扛，大步往寢殿裡去。

「放我下來！」

發現墜滿寶石輕紗的大床在不遠處，季婉就猜到他又想幹什麼了，急得拚命掙扎，一雙雪白的粉拳奮力打在他的肩背上，驚懼的叫喊無助地讓人心癢。

猝然間，她亂揮的手兒打在了他的左臂，只聽闞首歸極輕地倒抽了一口冷氣，橫蠻地將季婉拋在了寬敞的華麗床榻上，隨之欺身而上，用高大結實的身子緊緊壓住她。

「嗚！你不要亂來！我怕……」

眼看他俊美的臉越壓越近，季婉杏眸裡的淚花打起了旋，滿目的抵拒恐慌讓闞首歸一怔，微抿的薄唇堪堪落在了她的頰畔，收斂的力度讓季婉有了一絲柔情的錯覺。

「睡覺。」

季婉還沒反應過來，便聽他冷冷說出兩個字後，鬆開了夾住她纖腰的雙腿，起身脫去短靴，當真和衣躺在了床榻外側。

見她遲遲躺在那裡發呆不動，他碧綠的瞳中寒光微戾，多了些戲謔。

「不睡？那就做點別的事。」

「不要！」

季婉連忙往床裡一翻，就鑽進了厚實的狐絨下，自以為是地將自己藏得嚴嚴實實，再也不敢動。

闞首歸再度閉上了眼，微翤的嘴角輕輕揚起一道極淺的弧度。

起初季婉還提防著不敢睡，後半夜睏意湧上，實在撐不住就睡了過去。

再醒來時，依稀看見闞首歸正坐在榻畔，裸露的上身精壯完美地讓她本能地咽了咽口水。

這一絲幾不可聞的聲音，讓闞首歸猛然回頭，妖異的碧眼看著縮在狐絨下甚是尷尬的季婉，饒有興致地挑眉道：「我還真當妳是隻貓，沒想到跟豬一樣。」

豬？季婉愕然地咬住了被角，死盯著闞首歸的後背，在心裡默默地罵了幾句！

半掩的絲薄紗幔外，還有兩名侍女，其中一人拿著一隻小玉瓶正往闞首歸的左臂上撒著什麼東西，另一人隨即又用白色的潔布小心翼翼地包紮起來。

他受傷了？等等，記得她昨天就是打在了那個地方。

哼！活該！

包好傷口後，侍女又用高昌話說了些什麼，才行禮離開。

沒了旁人在場，季婉心裡就有些發虛，從狐絨下輕手輕腳地爬出來，也準備離開，卻後知後覺地發現胸前隱約發涼。

「啊！」

昨夜還穿在身上的錦緞菱花小衣早不知去向，上半身一絲不掛，雪膚間赫然多了幾塊紅痕，連渾圓粉嫩的乳間也有印記。

難怪他說她是豬……

闞首歸站起身，看著她驚慌捂胸，手臂勒得兩團雪白形成一道很深的溝壑，掌中那股散不去的瑩軟觸感又開始讓他躁動了。

「不大，很軟。」

這是他凌晨將她扒光又摸又親後，做出的結論。

前日將她壓在水池中只顧著玩弄下面的蜜處，倒是不知曉她這藏在衣下的雪白也令人愛不釋手。

季婉牙根都快咬斷了，幸而身下的裙子還在，跪爬了幾步到床畔另一側想要離開，闞首歸卻已經大步走上前，右臂扣著她的柳腰一撈，將她摔回床上。

「你還想幹嘛！」她雙手狼狽地撐在榻間，沒了遮擋的嬌嫩豐盈再一次晃動起來。

闞首歸逕自壓了上去，胸前的肌肉滾燙，重重抵在季婉身上，像是一塊巨石一般壓得她難受。

她撲騰著雙手想推開他，卻被他順勢握在一起，箝制在了頭頂。她慌亂地在他身下扭動，急促呼吸著，誘人憐愛的白雪晃得更歡快了，玉潤的玲瓏讓闞首歸忍不住將大掌罩了上去，用力揉捏起來。

「啊！不要！」

透著粉的嫩乳在他掌中任意變換著花樣，粗糙的指腹刻意揉弄著淡紅的果實，眼看著豔麗的蓓蕾硬成小果，他滿意地笑了。

「聽說多揉揉，這裡會變得更大些？」

放開被捏紅的胸部，他改擒著緋色的小乳頭逗弄，碧眸裡已經有了淡淡的情欲。不可抑制的酥麻自胸前迅速泛開，過電般躥動在季婉的周身，她咬著唇倔強地將臉別向了另一邊。

闞首歸繼續輕揉慢撚著，甚至俯身親吻她的臉頰。季婉緊閉著眼顫抖，細密的吻越發不可收拾，他的唇一遍遍在她的額間、眉心、頰畔、唇角游移。

接著順勢而下，沿著馨嫩的耳垂，溫熱的舌不斷舔在她脖頸上，優美修長的弧度在顫慄，近似透明的冰肌玉骨直被他用唇齒啃咬吸吮著。

粗重的呼吸聲鋪灑在季婉頸間，他越顯獸性的凶殘讓她忍不住求饒：「唔……不、不要……」

闞首歸即使動作生疏，仍用自身的氣場將季婉牢牢壓制在無盡恐慌裡。

「妳好香。」

唇間舌上，滿滿都是她肌膚的細滑、柔嫩感，他的牙齒輕咬在她脖子的動脈上，她太緊張害怕了，可憐地讓他想將她生生撕碎，嫋嫋香息混入他漸漸急促的呼吸中，心頭瞬間有股可怕的衝動將破牢而出。

這樣的衝動是他第二次嘗到，就在前日將她壓在池中時，這種無法控制的情緒讓他弄哭了她。

季婉的雙腕被牢牢禁錮著，如何也掙脫不開，耳畔的喘息越發壓抑，頸間乃至鎖骨都被他密密舔咬著，他微卷的黑髮散落在她滾燙的頰畔，癢得她顫慄輕吟，手足發抖。

「走開……嗚！走開！」

闞首歸倏地停下了所有的動作，低喘著抬起頭，妖異的俊顏上一片狂色，眸間幽幽的綠光嚇的季婉直哆嗦，再想開口時，他卻將兩根手指插進了她的嘴裡。

「唔！」

修長的指節炙熱有力，先在她的口腔裡輕攪，撩起絲絲口液時，再夾住她的粉舌挑弄，急得季婉有口難言，差點被口水嗆到，毫不遲疑就用齊整的貝齒咬向他。

闞首歸似乎早就料到了，還不等她咬上，淨長的指輕易抵在了她的喉頭深處，季婉本能地張大了櫻唇反胃想吐，可是他依舊將手指橫亙其中，剝奪了她的一切，難受的季婉只能發出細弱的單音節來求饒。

「啊……嗯……」

漂亮的杏眸紅得跟小兔子一般嬌嫩誘人，闞首歸饒有興致地將手指在她濕滑溫熱的小嘴裡抽插了幾下，一縷透明的口液猝然從粉嫩的唇角溢出，滑向桃頰。

晶瑩的水潤光澤讓他有了一絲飢餓的錯覺。

「口水都流出來了，怎麼辦？」

季婉被摳弄過的喉間還泛著陣陣噁心感，濕漉漉的眼看著身上的男人都是重影，待闞首歸從她口中將手指抽出，嫣紅的唇還未閉上，他又猛然吻了上來。

「唔！」

濕熱的大舌趁機撬開她的唇齒，蠻橫粗暴地纏繞住她的粉舌，吸著瑟瑟發抖的軟肉，逼得她無處可躲，大股大股甜美的口涎被他貪婪地掠奪著。

細軟的舌頭被吸得又疼又痠，肺部最後一絲空氣似乎都要被他吞噬。季婉無助地直落淚，嗚咽中快要窒息的恐慌，讓她不得不去承受他給她的東西，濃烈的男性氣息就這般強勢滲入了她的五臟六腑。

吸吮的聲音越發淫靡，躲不開喊不得的季婉儼然成為野狼叼在口中的嫩肉……

良久後，闞首歸才從她的口中退出，看著半是昏厥的季婉，他意猶未盡地舔了舔嘴角，鬆開箝制著她雙腕的手，便用指腹從她口中沾了不少的透明水液，淫邪地抹在了她挺立的果實上。

「這裡跳得太快了。」往上摸去，他將指尖停在了她的心口處，那裡怦然地讓他好奇。

季婉茫然地大口喘息著，蝴蝶羽翼般的長睫驚怕地抖動著，虛軟的細腕上被捏出了幾道紅痕，她嘗試著側過身，肩膀卻被他擒住了。

「想去哪裡？」

他冷笑著用手撫摸著她後背上的大片肌膚，仔細地，一寸一寸地感受著顫慄中的嬌嫩細滑，幽幽碧綠的眸中情欲已經幾度翻湧了。

「今日無事，不如就要了妳吧。」

第九章

耳間的灼息讓季婉恐懼不已，咬著被蹂躪紅腫的唇，側眸看向他頸間結疤的三道痕跡，那是她前日抓下的，就在闞首歸伸手去握她的小腿時，一不做二不休地抬腳踢在了他受傷的左臂上。

「去死！混蛋！」

闞首歸未料到她會來這麼一下，饒是他再強悍，傷口也痛到不得不放開她。

趁此空隙，季婉就從他身下鑽走了，跳下床跌跌撞撞地捂著胸往外面跑。

鮮血迅速滲透了潔淨的布條，血的味道讓闞首歸陰沉的俊顏多了一抹嗜殺的狂色，猛然轉頭看向摔在地上的季婉，她正嘗試著爬起身，纖婉的玲瓏嬌軀半裸半掩，豔嬈地讓人無法自控。

「嗚！」季婉腿軟得厲害，心中充斥著慌亂。

眼看廊道就在不遠處，她卻怎麼也站不起身來，驚促地回頭看向身後，闞首歸已經朝她走來。

她急得尖叫，他卻沉穩地邁著長腿走來。

一邊走，一邊抽去腰間的寶石玉帶，錦緞的褻褲悄然掉落在地上，肌肉緊繃的胯間顯露出猙獰的巨物。

「啊啊！救命啊！」

等到季婉再次嘗試起身時，整個人早已籠罩在闞首歸的陰影下。

他伸出雙臂像擒一隻乖巧的貓兒一樣，掐著她的腰將她扯進了懷中，她的掙扎捶打絲毫阻止不了他。

闞首歸轉身走向了凌亂的床榻。

「放開我！我不要不要！求求你了！再給我一點時間，我不會逃跑的，嗚嗚——」

她的聲聲哀求和那日一樣毫無用處，已經被挑起欲火的男人早已沒了憐惜，鐵一般強硬的長臂緊勒著她，季婉更是叫天天不應，叫地地不靈。

最後，她一口咬在闞首歸結實的臂間，憤恨的力度足以咬下一塊肉來，鮮血的味道很快蔓延在口中。

接著，她便被重重地扔在了鋪滿厚實長氈的地上。剎那的頭暈眼眩，男人已經壓了上來，寬闊充滿野性的肩背將嬌小的她壓得動都動不了。

闞首歸扼住她泛白的粉頰，漂亮似花的唇瓣上沾著好幾縷血痕，他低喘著用舌頭舔了舔她發抖的唇，咧著嘴森然一笑。

「我的血好吃嗎？」

季婉被這般變態的他嚇得渾身透涼，噙滿水花的美眸瞳孔微縮，透出的微弱光芒寫滿了懼怕。

狂躁的野獸不再壓抑自己，俊美而妖異的臉上猙獰之色駭人至極，唯一遮蔽在她身上的長裙很快被撕成了碎片。

她在哭喊、在哀求、在怒罵……

他卻強橫地扯開了她的雙腿，玉潤細滑的勻稱膩手，娟娟白雪般的平坦小腹起伏不定，稀疏的下身毛髮微卷，粉嫩的蚌肉都在害怕地顫慄著。

季婉的身體過分柔軟，即使雙腿被扯成了大大的一字，她也只是疼得發抖，緊閉的花縫含苞待放，微微分開些許的兩片唇兒下，隱約能看見比小指還細的洞口。

淡紅的嫩肉似乎察覺到危險，本能地縮動了幾下，就直那連接甬道的穴口泛出了一股濃濃的女兒香。

「太小了。」

闞首歸斂了幾分狂肆，看著自己快要抵上粉洞的陽物，與之相比，季婉的陰穴顯然嬌小得可憐，若是直接插入，怕是兩人都不好受。

雙腿被鬆開箝制的瞬間，絕望的季婉驚愣的鬆了口氣，紅著眼圈警戒地看著起身走開的闞首歸，有些不可置信他真的會放開她。

不，很快她就發現自己錯了。

闞首歸又朝她走了過來，這次手中驀然多了一個小玉瓶。

隨意勾過地上的一個錦緞面軟枕，墊在季婉的臀間，接著便用膝蓋壓住了她的左腿，右側的瑩白腿根也被迫抵開。她不甘地掙扎，他就一巴掌拍在了圓潤的小屁股上，疼得季婉咬唇瑟縮，不敢再動了。

「不想受傷就別亂動。」

嬌澀的粉嫩陰戶微微朝上，緊閉成縫的兩片花唇被闞首歸用手指摩挲了幾下，桃瓣被挑逗地泛紅起來。

他抽去手中玉瓶的塞子，將瓶口對準季婉的穴口傾了上去。

帶著一股蜜香的清涼液體自花縫上端傾瀉而下，季婉輕嗚著微顫，他卻著手撫上，炙熱的指尖將團團液體抹勻在穴縫間，泛著幽光的碧眸間，都是越發豔靡的玉溝粉肉。

「不……不要……」季婉漲紅著小臉抽泣，但凡一動，壓制在腿間的膝蓋就會用力一橫，疼得她只能繼續乖巧地躺著。

修長的手指輕輕撥弄著腿間的細毛陰縫，連藏在其中的小肉蒂也被清涼的液體沾染得濕亮水滑。

身體最敏感誠實的地方被男人毫無遺漏地觸摸把玩著，難堪、羞恥和緊張讓季婉泫然欲泣。

一縷微卷黑髮垂落在淨白的俊美面龐上，妖異的邪肆讓闞首歸看起來野性又恐怖，指腹戳了戳下端薄肉中的小眼，說道：「裡面還不夠濕呢。」

季婉被他戳得又癢又麻，眼淚忍不住從眼眶滑落，即使緊閉著眼睛不看，身體也能清楚感受到。

含嬌帶粉的玉蚌水亮透濕，闞首歸用一指探了探細小的洞口，依舊不見絲毫鬆懈，咬得他指節發熱。

忽然有個涼的硬物頂在了花縫上，季婉嚇得睜眼看去，登時驚懼：「你、你要做什麼！」

只見闞首歸將潤滑液的瓶口對準了小洞，往裡一塞，季婉只覺一股微疼生癢，接著就是冰冰涼的液體不斷往裡灌入。

「啊……嗚嗚！」

少量的水液入了內道，炙熱中的一絲冰涼讓季婉周身發顫，穴口不由吸緊了入內幾寸的玉瓶。

闞首歸一鬆手，饒有興致地看著在她腿間微晃的玉瓶。

「插的不深，吸的倒是緊，看來往後可以換些別的東西來塞一塞了。」

如此淫靡刺激的一幕讓闞首歸著實開了眼，一種奇妙的燥熱在體內蔓延，猶是胯間最為狂熱，恨不得立刻抽出玉瓶，讓自己的火熱置長驅直入。

季婉緊攥著身下的毛氈，玲瓏雪白的身子無措地發抖著，精緻纖瘦的鎖骨間滲著密密一層熱汗，紅紅的眼圈怒瞪著男人，忍無可忍地咒罵：「你這個王八蛋！我恨你！」

「是嗎？」

闞首歸不為所動，甚至捏住玉瓶抽插了起來。

小幅度的磨動，讓細窄的瓶口擠弄在青澀的穴兒裡，入內幾分時，隱約能碰到一層阻隔物，拔出玉瓶頃刻，堵塞良久的水液急促湧出，除了芳香的蜜液還有一縷可疑的液體，一股腦流向了後面的小菊穴。

「妳這裡可一點都不恨我。」

液體流動的細滑過分清晰，季婉羞恥地滿臉通紅，在闞首歸鬆開了壓制她左腿的膝蓋時，她故技重施地抬腳朝他的傷處蹬去。

可惜這一次他早有防備，一手捏住了她纖細的蓮足，看著上頭珠圓玉潤的可愛腳趾，張口咬了上去。

還想再逃的季婉，疼得摔了回去直哭：「好痛！不要咬了！」

叮叮噹噹的悅耳鈴聲不斷響起，殘留著牙印的腳趾終於逃過一截，那惡狼化身的男人甚是冷漠地掐著她的腳踝用力一捏：「再不聽話，就讓妳徹底動不了。」

當下季婉還以為腳骨已經斷了，臉色慘白地倒抽了好幾口冷氣，委屈地搖頭道：「不……不……」

早已失去耐性的闞首歸冷冷勾唇，擒住她的兩隻腳踝，就將人扯到了胯下，挺立的巨碩紅紫鼓壯異於常人，旋起的青筋暴漲，猙獰地在溼淋淋的陰戶上摩擦。

直到比嬰孩幼拳還大的前端抵在緊繃的小口時，季婉嚇得渾身大力顫抖。不過很快她就無暇多想了，因為撕心裂肺的劇痛讓她忘了一切。

「疼！不要進來！不要啊！」

她叫得淒然，闞首歸卻停不下來了，只能用手去將那兩片桃唇往兩側分開，讓碩大的肉頭更順暢地頂入。就著清涼的潤液，炙硬凶悍的大陽具插在處子膜上時，毫不猶豫地挺身衝了進去。

「唔！」

深入骨髓的疼，讓嬌小的季婉痛得想蜷縮起來，撕裂驚惶亂的五臟六腑都是無法言喻的難受，冷汗涔涔，纖纖素指用力抓緊了闞首歸壓制在身上的肩頭，發洩性地在他後背上留下條條血痕。

「唔……」

男人的低喘粗沉，緊裹的穴肉過分青澀，突破了阻礙的棒身還沒有插到最深處，就被卡得動不了了，縮動的層層嫩肉，讓他額間熱汗淋漓。後背的疼意更加刺激到他亢奮的神經，掐著少女纖細的腰肢，他拔出肉柱退至穴口，又一次狠狠地衝了進去。

淡粉的縷縷處子血液，自季婉被迫撐到極限的穴口溢了出來。

並不快的大幅度撞擊，讓兩隻纖細的蓮足難受的在空氣中無助晃動，不絕耳的清脆鈴聲都染上了情欲氣息……

初次承歡，季婉並沒有過多的快感，只清晰能感覺到那圓碩如傘的龜頭是如何頂在身體最深處，嬌嫩的花心全然受不住那樣的力度，和甬道裡被肉棒無情擠壓的穴肉，齊齊顫慄縮動著。

「嗚嗚……疼、好疼……你不要動了……唔！」

溫熱的花徑青澀地不知所措，鮮嫩而幽深，粗巨的男根充滿在緊窄的蜜穴裡，連內壁上的褶皺都被撐得貼合在棒身上，隨著他重力的抽插進入，不久前灌入的潤液塗染了陰穴，添了幾分濕滑。

碧眸裡壓抑著異樣的情愫，滿目的冰肌玉骨漸漸吞噬著他的理智，抬腰挺身猛入，聽著她嬌嫩的哀泣聲，他忍不住伸手為她擦拭眼角的淚水。

「別哭，放鬆點，再弄一會兒就不會疼了。」

因為緊張和害怕，季婉兩股收緊導致陰穴也處於緊繃狀態，破縫而入的巨棒生生劈開了她的下體，除了入口被撕裂的疼，連帶外面的陰唇也被磨得火辣辣。

季婉急喘著搖頭，粉頰上都是點點淚痕，吃疼委屈地哭著：「我、我不會……你不要弄了，太……」

她的陰穴天生嬌小緊窄，內裡各有妙處，若是兩廂情願定然會銷魂蝕骨地暢快，奈何今日天時不利人也不和，加之闞首歸胯下那物實在是粗大得過分，破了處子身抵入其中，一時半會根本感覺不到歡愉。

同為新手，男人的悟性極佳，闞首歸抬起季婉細長雪白的腿往胯下拉，讓她翹挺的小屁股貼在他的大腿上，握住柔軟的腰肢再直入深插，連接的性器變得異常契合起來。

「唔唔！」

嫩生生的穴肉被陽具極度填充，季婉脹得鼻頭發疼，這樣的體位緩解了幾分疼痛，卻讓她更加清晰地感受著他每一次的抽動。腰間勒緊的大掌根本不容許她半分逃避，對準了內壁軟肉，一下又一下地摩擦、碾弄。

細緻的插入拔出，不由將她內道裡擠得淫滑起來，握著柳腰上的大手輕移在如雪如玉的平坦小腹上，正逢他將肉棒撞在花心上，香肌嫩膚直顫，更莫說掌中的小腰了，好似秋風中的落葉般飄零抖動著。

這都是他帶給她的。

「這裡還疼嗎？」闞首歸俊美白皙的額間流動著汗水，微微暗啞的沉聲詢問性感極了，目光落在她充血的緋色陰唇上，濕亮的花縫被他塞得狼狽濕潤。

他刻意將炙熱抵在她敏感萬千的軟肉上，季婉猝然難受地仰起頭，優美的頸項如珠玉般雪潤光澤，微張的粉唇終是溢出了一聲輕嚀。

軟嫩撩心的輕呼讓闞首歸欲火狂燒，一手滑入季婉雪白的腿間，撩開沾染潤液的纖卷陰毛，他按了按下面的小陰蒂，果見身下的少女一陣顫慄縮緊。

「別捏……嗯……」

指尖的摳捏彈弄，刺激得小肉蒂酥酥麻癢，這股詭異的感覺很快湧入了內道，牽制著緊密的嫩肉生媚，連帶被頂端搗擊的花心口，都有了一絲癢意。

揚起的哭音婉轉盈盈，讓人忍不住想要將她往狠了弄。

從火熱的穴內退出時，闞首歸饒有興致看著契合處，初嘗情欲的巨棒正是亢奮，粗狂的碩大生生將少女原本細不可見的小洞插成了一個圓圓大口，早前他還愛不釋手的桃唇已然被撐得變了形狀，嫩肉可憐地繃緊在他的巨根上，艱難地迎合著他的律動。

濕亮的猙獰青筋間，還染著幾縷淡粉的鮮紅，闞首歸呼吸不由加重了幾分，用手指帶起血絲的水澤，將那物湊到了季婉眼前。

「瞧，妳的處子血呢，顏色真漂亮，可惜不少都淌在了地上。」

看著他指腹上的血跡，季婉瞳孔一縮，咬著嫣紅的唇狠狠瞪了他一眼，可惜那含帶春色的眼神只讓闞首歸愉悅地笑了。

他變態地將交合處的液體抹在了她的雙乳上，高隆的嬌羞雪白被塗得水亮透濕，期間還帶著絲絲血液，季婉羞恥地想要伸手擦拭，卻被闞首歸擒住。

「說了別亂動。」他突然俯身，渾濁的熱息鋪灑在她胸前，珍珠般柔和的雪色讓他忍不住舔了舔唇角，涼薄妖異的嘴微張，在季婉驚恐的視線下，他伸出舌頭舔了她的粉色果實，將上面的液體貪婪地吸入口中。

「這樣，我就會永遠記住妳的味道……」

還不等季婉從震驚中反應過來，他突然狂亂挺動起來，大肉棒粗暴地衝入陰穴，毫無防備的軟肉嫩壁被磨得生疼瘙癢，這一次他不再等她緩解，一反常態地加速操弄，動作強悍而猛烈。

「啊啊啊！」

雙手被箝制，下身猶如打樁般的撞擊，插得季婉心頭怦然，晃動的奶肉被男人大力吸咬著，和著內穴裡的充滿，說不出的快感從體內升起，讓她害怕、令她失神。

「妳也要記住，我是怎麼進入妳的，妳的血、妳的淚、妳的蜜液……妳的一切都是屬於我的……季婉……」

狂抽狠插的契合充斥著原始的瘋狂，交疊的身軀一強一弱，在情欲中沉淪深陷，似乎誰也離不開誰了。

淫靡的空氣中，隱約能聽見季婉的呻吟，斷續的顫慄讓人無法分辨，究竟哪一聲是哀求乞憐，哪一聲又是春情銷魂。

第十章

白嫩如霜的臀被男人十指掐得緋紅深陷，貼合在一處的胯骨快速進退，嫣然粉紅的嫩肉也在一片水澤中隨之擺動。

「啊……嗯嗯……不嗚嗚……」

花壺已被磨得淫滑不堪，粗壯的棒身狠擦重頂著肉壁嬌蕊，由不得季婉抗拒。情液潮湧，聲聲撞擊中春水滾滾被搗出了穴口，讓闞首歸腹下雜亂狂野的毛髮一片濕濡，猛然撞上季婉桃色旖旎的玉溝，微凸的嬌軟陰戶上亦被她的淫水弄到濕透。

「有感覺了？這裡的水流得越來越多了，又黏又滑，聞著也很香。」

只見含著肉柱如羞花綻放的陰唇上，那淡黑纖柔的毛髮間黏滑白沫點點，濕亮淫靡的誘人發狂，還不及被搗成細沫的熱液，則是涓涓溢往了玉股後。

昂揚從毫無章法的橫衝直撞變成了節奏漸佳的狂插猛操，整個過程季婉如同受到暴風雨襲擊般，四肢百骸裡全是無法言喻的酥麻難受，只能扭動著身體，在他胯下承歡逢迎。

偌大的地間成了最佳雲雨之地，壓著嬌媚可口的少女，闞首歸不斷將陽物衝入那緊窄的小肉洞裡。

內裡的玄奧幽深，嬌嫩無比，令他著迷愛憐，搗著濕軟淫滑的內壁，無意識地縮緊造就了致命的極樂。

他還是第一次知道，男歡女愛是如此地銷魂蝕骨。

看著身下嬌靨羞紅卻又難受不堪的季婉，因為他的強力深入，櫻桃色的小嘴裡不住溢出動人心扉的哀婉呻吟，有著一絲青澀無措，更多的則是淫亂嫵媚了……

逐漸習慣被抽插頂弄的膣道火熱透滑，吞吐著無可比擬的粗大巨棒，季婉生生被那瘋狂的重刺猛搗弄的一陣顫慄抖動，百般滋味充斥心頭。

「嗚嗚……你輕點，求求你……呃呃呃！」

可惜她越是可憐地哀饒，越激發了男人的蹂躪欲望，碩大炙熱的龜頭對準了最是敏感嬌軟的花蕊狠狠動了十幾下。

令人心跳幾欲頓止的刺激，季婉哪裡受得住，仰著雪頸在他身下泣不成聲，修長纖秀的玉腿情難自禁的抬高抖動，夾在他腰間繃緊了飽滿如珍珠的小腳趾。

「繼續叫，我喜歡聽妳的聲音，軟得讓人……」

他俯身咬住了她耳間粉紅的小耳垂，邊輕舔邊吸吮，癢得季婉避無可避，只能聽著他的蠱惑，顫聲求著插輕些。

本來以為他會停止那折磨人的攪弄碾磨，沒想到反而越發凶猛起來。

「啊啊！你……你騙我……嗚嗚……出去出去！」花徑極度充滿，痠癢酥麻如電流乍閃，花壺深處那差些撞進子宮的龜頭大得可怕。

闞首歸眸間滿是笑意，汗水浸濕的卷髮性感地晃動著，俯身用炙硬的胸膛壓住季婉胸前搖晃的瑩軟奶團，如野獸般粗喘著對上她碎滿水光的美眸，伸出舌頭舔去她粉頰上的濕淚，微鹹的水珠輾轉舌尖，心都軟了。

「如何騙妳了？我只是話還不曾說完，妳的聲音軟得讓人只想更用力地進妳、插妳、搗碎妳……唔，就是這樣，感受到了？」

他變態的話語嚇得季婉玉體一震，闞首歸卻抓準了時機，提身將炙熱往宮口上撞，空前絕後的強烈刺激，讓季婉難捱到極點。

蜜穴裡不斷堆疊的酥麻感直擊心房，那是一種從未有過的快感，陌生地讓季婉害怕，甚至有了其他的生理衝動。

「唔啊！不要頂……不要！」

狂風驟雨的衝刺插弄，讓季婉渾身繃成了一條線，秀美玉潤的腿終是不堪顛簸，纏上了闞首歸不斷挺動的狼腰。灼人心魂的欲火爍熱，她緊張地承受著大肉棒的粗暴插入，絲毫不敢鬆懈。

初次承歡的陰穴已經到了極致，細嫩的蜜肉開始本能擠動置身其中的強大異物，散著淫靡香息的騷水四溢在腿間，闞首歸不退反進，掐著季婉想要逃離的腰肢，一遍遍地將火熱深入淌水的洞裡。

「別抗拒，放鬆點接受我給妳的快樂，妳會喜歡的。」

即將高潮的前一刻，是恐慌的空白，一點點被搗弄聚齊的快感即將爆發，季婉顫抖著嬌小的胴體難受地掙扎起來，小嘴缺氧地大張，急促地喊叫著。

「啊啊啊！」

千嬌百媚的花肉層層吸弄在棒身上，強烈的暢快讓人難以自持，饒是闞首歸再怎麼忍耐，那不斷拍打在會陰上的陰囊也脹得忍無可忍了。

他挺入的幅度大了起來，又重又快地操弄，插得季婉整個人都在他胯下晃動，汩汩熱液從玉股間急速淌向後背，花徑深處已經在攣動了，洶湧的高潮讓她失聲尖叫起來。

那一刻，季婉真的有欲仙欲死的錯覺，繃緊的那根線終是被闞首歸撞斷了，快感爆發的頃刻，她眼花繚亂地癱軟在地，他卻還在用肉棒深入著她，直將那股歡愉撞得跌宕不斷。

「啊……」

一波一波洶湧的爽快還未褪去，他掐准了時機用力一挺，在她驚恐無助的尖叫中，將滾燙的精水噴湧在她的體內。

他凶悍地壓住想掙扎的她，抓住她腦後凌亂的長髮，碧色的眸子陰厲逼近，裡面依稀是她赤裸的身影。

「妳逃不掉的。」他沉聲說道。

如上九霄的極樂快感，給季婉留下了刻骨銘心的記憶。

即使承受精液射入，那股可怕的暢快也並未消散，反而更加刺激，在這場強迫的歡愛中，她羞恥絕望地發現身心由內而外得到了一種奇妙的舒服。

好不容易從高潮之巔逐漸回到平靜中，壓在身上的男人卻根本沒有打算就此放過她，揉著兩團泛粉含嬌的胸，闞首歸甚是憐愛地舔吸著上面的灼液，在季婉嬌促的細弱輕呼中，大舌捲起著硬立的乳頭用牙齒輕咬。

「走、走開……」

經歷了那銷魂的歡愉，此時的季婉周身酥軟，揮向闞首歸的小手軟綿綿地用不上力，反倒被他的大掌包裹著把玩起來。

稍稍一動，兩人依舊連在一處的性器各自漾起快感，不過季婉並不好受，方才他射入的精液著實多，和著她分泌的水，脹得她甬道發酸，更別說那比她手腕還粗壯的巨根仍舊埋在其中。

「拔出去……好脹……嗚！」

她難受地喊著，連帶花徑中的嫩肉也擠著肉棒。

闞首歸被嫩肉撩撥地又硬了起來，輕抽在淫水潮湧的內道裡，暢通軟滑，更添美妙。

「嗯？拔出去？那妳還吸得這麼緊？看看，這裡都是我的東西，這麼深很舒服吧？」

他一反常態地不再陰沉少語，把季婉的小手放在了她雪白如玉的小腹上，平坦嫩滑的肉兒微縮，隨著他的頂弄，那肚臍下竟然隱約被插得凸起，軟軟的手心貼上去，生生是他龜頭的駭人形狀。

季婉驚愕地抽回手，肉柱的冠頭刮著膣內的媚肉，將她弄得一陣輕抖，難受地蹙緊了柳眉，紅了的眼眶裡又有淚水落出。

「真的好脹，你快出去……」

闞首歸似乎妥協了，握著她的纖腰，緩緩將契合在最深處的肉柱往外退。

嫣紅充血陰唇微微外翻，嬌小的甬道彷彿還在留戀那強悍的炙硬，細肉股股縮緊，吸得他呼吸一重。

「鬆開些，不然拔不出來了。」

他繃緊的聲線有些詭異，季婉只得努力放鬆自己，迫切想讓那粗巨的肉棒早點退出痠癢暴脹的蜜穴，眼看洩著汨汨灼液的性器大半退至花口，徒留下小半和那圓碩的肉端卡在其中。

「你出……啊啊！」季婉的話還未說完，猙獰粗硬的巨龍就再度狠狠地插了進去。

她倒抽了一口冷氣想要咒罵，鬮首歸卻早有防備，俯身以唇封緘，濃烈的男性氣息將她的尖叫呻吟統統吞了下去。

腰身狂挺，高潮餘韻後的肉欲交歡又是一番滋味了。

第十一章

季婉記不清自己是何時被放開的，全身軟得連手指都動不了。依稀記得是闞首歸抱著她去清洗了一番，放回榻間時，她就昏昏沉沉地睡著了。

再醒來時，寢殿裡的夜明珠正亮，怕是已至午夜。季婉忽然想起和阿成的約定，急著坐起身，卻疼得直咬牙。

一身骨骼嫩肉彷彿遭了重物碾壓般生疼，更遑論腿心間被撞了幾個時辰的地方，難受到她動都不敢動了，咬著被角直流淚。

她自幼家教良好，長到十八歲連男孩子的手都不曾牽過，就這麼被強迫著失了貞潔……若是可以，她真想殺了闞首歸那個變態！

說曹操曹操到，穿著華袍的男人出現在了內殿，金冠束起卷髮，高鼻深目的白皙俊顏一片漠然冷峻，滲著絲絲陰厲的綠眸在看向季婉時，方才斂了些殺意。

高大異常的身影走近榻畔，看著季婉扯過狐裘蓋住小臉，闞首歸出乎意料地笑了笑，視線落在她露出的一隻瑩白蓮足上，珍珠玉潤的光澤讓他不由想起白日裡的每一幕。

「哭了?恨我?還是在想著怎麼殺我？」

被戳中心思的季婉愕然地從狐裘下探出頭，似乎有些好奇他是怎麼知道的。

闞首歸順勢坐在了榻畔，倨傲冷然道：「世間最難猜測的是人心，恰如此，最好拿捏的也是人心，沒有什麼是掌控不了的。」

季婉愣然，攥緊了冷汗涔涔的手心，換言之，她也全在他的掌控下。

「啊！你又要做什麼！」

見他一把掀開了她身上的狐裘，不著片縷的胴體又沒了遮擋，如雪如玉的細嫩肌膚上吻痕未褪，如是開在雪間的簇簇紅梅，斑斑灼眼撩人心。

「上藥。」擒著季婉胡亂蹬的腿，闞首歸將她拉近了幾分，掌中多出的漆金小盒子裡可是萬金難求的祕藥，看著不肯配合的人兒，沉聲道：「別動，裡面的東西都流出來了。」

季婉自然也感覺到了，憤然地扯過狐裘蓋在了臉上。

那是他白日裡射入深處的精水，抱著她清洗時只摳出了一半，留下些許在她的蜜道裡，從突兀到適應。

刺激過度的兩片嫩薄唇肉被來回抽插撞擊弄得紅腫不堪，修長的手指帶藥輕抹而上，屈在兩側的玉白腿兒就死死繃緊，縫裡流出的白灼液體卻越發多了。

「往後我依舊會弄妳，更不會放妳走。若是真的恨透了我，就想辦法殺了我……不過，若是妳殺不死我，就要有膽量承受後果，清楚了？」

「唔……」下身被擺弄的羞恥已經讓季婉失了神，根本沒聽清楚對方在說什麼，只為壓抑著不要溢出呻吟。

翌日，季婉總算勉強能下床了，只是雙腿還顫得厲害。

她讓萊麗將她扶到了硨磲玉石裝砌的妝臺前，看著鏡中穿裹三單曲裾長裙的自己，站在異域華靡的宮殿裡，說不出的突兀。

萊麗豔羨不已地撫著雲彩般柔軟的月色裙襬，銀線密走的鳳蝶穿花栩栩如生，連腰帶間襟布的玉都是難得一見的美玉。

「大王子待娘子真好，聽聞這些東西都是千金難得的。」

季婉淡淡地抿起唇，臉上並沒有多少喜色，懨懨地勾過檀面上的一串珠鏈在指尖翻弄。

萊麗笑著起身拿過象牙篦子替她梳髮，以為季婉是在不開心，連忙安撫道：「娘子無須難過，大王子既然親口說下要娶妳，是絕不會變的。王那般看重大王子，遲早會答應的。」

「啊？」

季婉一愣，好半天才反應過來。

聽說昨夜闞首歸就去同他父王闞伯周請旨了，想要娶她做王子妃，奈何闞伯周中意的兒媳是烏夷國的阿依娜公主，季婉這個來歷不明的漢女，斷然不可能接受。後來父子倆為此爭執不下，盛怒中闞伯周甚至把自己最喜愛的夜光杯摔破了。

為此，季婉無比慶幸闞伯周不曾答應，若是她就這樣被貼上闞首歸的標籤，別說逃跑，連出王庭都難了。

「萊麗，前日闞首歸殺的那個侍女，妳可認識？」

「識得的，她叫帕娜，平日裡人很好，沒想到竟會是細作，若非她洩露了大王子去下城的消息，大王子也不會被刺殺受傷了。」

「細作？」季婉又是一愣。

萊麗憤憤地道：「我聽侍衛長說，大王子去下城本是祕密，不知道帕娜是從何知道的，傳給了外人，讓他們埋伏在沙地裡突襲。」

難怪闞首歸前天會突然回來……不過，昨夜上藥時，他將手指突然塞進了自己那裡，她一時沒忍住，又踹在了他的左肩傷處上，想起他那個要吃人的眼神，季婉都要打冷顫了。

「萊麗，那妳認識一個叫阿成的少年嗎？他就住在西面。」

小姑娘想了想，很快就搖頭回道：「不認識。娘子可能不知道，大王子和二王子有些不和，二王子的宮殿在西面，所以我們很少到那邊去。」

季婉不再問了，心裡只想著怎麼再找阿成商量去塔里哈的事。說來也怪，明明第一次見面，她卻十分相信那個少年。

萊麗會說漢話卻不會梳漢人髮髻，只能用寶石緞帶將季婉及腰的烏黑長髮弄成鬆鬆的髮辮，再結上水晶流蘇的額鏈，美是美，卻有些不倫不類了。

「真好看，娘子快走吧，大王子要等急了。」

若非來喚她的人都兩撥了，季婉是真的不想去見闞首歸，畢竟昨天的事在她心裡留下了不小的陰影。

她磨磨蹭蹭地起身，趁萊麗不注意時，將妝臺上的一隻飛燕琉璃簪悄悄藏在了廣袖中。

正是一日裡極熱的時間，幸而季婉身上的長裙面料特殊，不易悶熱。她踩著粉白繡花的翹頭履，慢慢走在宮道上，過往的侍女們頗是好奇地爭相看她。

季婉的寢殿離闞首歸的正殿不遠，走在金壁高臺上隱隱能聽見悅耳的胡琴聲，萊麗帶著她往殿中走去，這地方比她住的那處更寬敞，大殿中央玉臺砌起的蓮池畔，穿著豔麗的妙齡少女們正翩翩起舞著，空氣中若有似無地瀰漫著一股淡香。

抬眼看去，闞首歸就坐在高處飲酒。

見季婉來了，他便朝她招了招手，示意她趕緊過去。季婉看了下四周，人還滿多的，他應該不會對她做什麼吧？

心中惶然地走了上去，選了處距離他較遠的錦墊準備坐下去。

「到這裡來。」

季婉被他生冷有力的聲音嚇得一抖，看了看他身側空出的位置，她實在是沒膽量過去。

躊躇著半晌不動，闞首歸握著水晶杯晃了晃裡面暗紅色的葡萄酒，幽幽碧綠的瞳孔漫上了幾分戾氣。

「膽子可真小。」他勾著薄唇輕笑，帶著那麼一絲玩世不恭的意味，卻又暗藏著危險。

季婉承認自己膽子很小，昨天被他壓在身下擺弄時的無助，她不想再嘗第二次了。

袖中的手握緊了簪子，已是熱汗一片。

「那便坐到這裡吧。」

這次他指的是距離他身邊一步的地方，華麗的長氈上不曾擱置錦墊，半斜了一隻珠玉流蘇的引囊在那裡。

季婉思忖了一番，終是脫去繡鞋，邁開了步子。

她卻不曾發現，那正漫不經心飲酒的男人，目光陰鷙地落在她的右側袖間，略是玩味。

季婉單手攏起了長長的裙紗，白色的足襪包裹了小巧的腳兒，見闞首歸沒什麼異動，她才放心了些許。正要坐下時，變故發生了，那死變態居然用一顆琉璃珠子打她的腳踝，劇痛之下，她失了重心往他身上摔去。

「啊！」她的腦袋撞在了他的腿上。

暈沉沉的季婉手忙腳亂想爬起，卻被闞首歸扣住了纖瘦的雙肩，隨後扯到了懷中。

第十二章

箍著玲瓏嬌軟的身子，闞首歸毫不遲疑地吻了上去，碾壓著櫻紅若粉的唇瓣，用力地啃咬，像是在印證著什麼。

直到季婉疼得忍不住鬆開牙關，濃烈醇厚的酒香隨之湧入了口腔，妙舌被吸得生疼，哺入喉間的口涎都漫著一股淡淡的葡萄味。

「嗚嗚……」

她抖得厲害，下意識想用藏好的簪子刺向闞首歸，才發現手中已空無一物，頓時改用雙手奮力捶打在他肩頭。但越是如此，他便越是用力掐著她的腰肢。

最先敗下陣的自然是季婉，男人強硬的大掌勒得她腰骨快斷了，只能乖乖地趴在他懷中，任由他掠奪。

她乖了，他也沒那麼狠了，捲著粉舌的粗糙大舌退了出來，薄唇緩緩地吸抿著季婉兩片軟軟的唇瓣，似有蜜液般讓他留戀。

他發現，只要看見她，他就會莫名亢奮，周身的血液都會沸騰，只想將她抱入懷中，溶入骨子裡。

這樣的可怕衝動，隨著和她接觸的時間越多，變得越發清晰。

季婉眼圈又紅了，濕濕的眼角泛著水光，軟怯怯地看著闞首歸，顯然是被他剛才的舉動嚇到了，那一瞬間她以為他想殺了自己。

大殿裡的人早已退盡，寬廣奢靡的空間裡只剩他們兩人了。

「妳今天很美。」

穿著曲裾廣袖的季婉說不出的姝麗婉約，比之奔放豔麗的高昌服飾，這樣的華裙似乎更適合她。冰涼的修長手指劃過她的臉頰，恍若灼灼桃華四月春的緋紅，讓闞首歸忍不住讚嘆。

略帶微喘的季婉側目餘光落在了長氈上，一端尖利的鳳頭琉璃簪就掉在不遠處，她輕咬著發麻的唇不肯讓闞首歸的手指插進嘴裡，一邊悄悄地伸手去勾簪子。

終於觸到了一點微涼，再抓了抓……她甚至沒有半點猶豫，握著琉璃簪便將尖利的一端朝闞首歸身上戳去。

「啊！」

他隨手便抓住了她的細腕，目光落在她緊繃的芊芊素指上，削若水蔥的指節瑩白纖細，唯獨那支透綠的琉璃簪礙眼極了。

他妖異的薄唇微挑，掐著她的手腕狠狠一捏。

季婉痛得暗呼一聲，眼睜睜看著簪子從手中掉了下去。

「想殺我？」闞首歸含著一絲冷笑，抬手撿起了那支長長的簪子，深邃幽幽的眸光帶著漠然，一手箝制住季婉，一邊將簪子在她眼前晃了晃，沉聲道：「可記得我昨夜的話？」

被他按在懷中的季婉已是毛骨悚然，「你、你想做什麼！」

眼看他捏著簪子越逼越近，銳利的琉璃尖端閃著寒光，剛好貼在她微燙的粉頰上，嚇得季婉想躲開。

闞首歸饒有興致地用簪子游移在她的眉間，緩緩描摹著姣麗精緻的輪廓，看著那蝶翼般的長長眼瞼顫抖巍巍，碧色的狼目間玩味更濃了。

「現在知道怕了？方才想用這東西戳我哪裡？」

季婉臉色煞白，她太緊張了，根本沒想過要紮哪裡。若是可以，她真想插在他頸上，這樣會死得比較快……

「我……若不是你先那個我……我也不會……」

面對闞首歸，季婉又懼又怕，被他拿簪子恐嚇著，猜不透他到底想幹什麼。殺她？這點她從不懷疑，畢竟第一次見時，架在她脖子上的彎刀還在滴血，只要他一勾手，她可能早就沒命了。

「怎麼，怕我殺了妳？」他白皙俊美的臉上笑意深深，回味著口腔裡那絲屬於她的香甜。

簪子往下，輕貼在起伏的雪頸上，撥開雲紋錦緞的衣襟，他昨日留在上面的痕跡依舊清晰。

季婉緊閉著眼不看他，這種猶如被凌遲的滋味很不好受，在恐慌中驚懼的等待，還不如來個痛快。

「你想殺我就快點！與其被你折磨，還不如死了算了！」

透著綠的琉璃輕滾在溫潤如雪玉的肌膚上，色彩異常分明，闞首歸忽然扯開了她腰間的裙帶，束腰一散，斜對的衣襟大開，輕紗軟緞垂了一地。

「你不會要先奸後殺吧！」季婉圓瞪著眼失聲大叫，手慌腳亂地去扯衣裙，纖腰依舊被他攬在懷中動不了分毫，「不如直接殺了我吧！」

「直接殺？那可不行，我覺得先奸後殺是個不錯的主意。」男人揚唇一笑，更顯妖冶懾人。

難得發現如此合心意的女人，他怎麼捨得殺了她呢……比起那些冷冰冰的刀劍、黏糊糊的鮮血，他更喜歡懷中的季婉了。

第十三章

昨日才嘗過情欲的男人仍對那股極樂念念不忘，捉著嬌嬌軟軟的小美人當然得照自己的心意繼續弄，面上一派冷峻不顯，闞首歸的內心早已躁動難耐，高鼻深目下陰翳一片。

撈過地上遺落的金絲宮絛，將季婉的雙手綁在後頭的赤金十二尾雀屏架子上，再閃過她踢向左肩的腳，一把擒住纖細的踝骨，將上面的足襪拽下，露出玉潤可愛的腳趾。

「我這傷一日不好，便多的是時間弄妳，妳確定要往這裡踹？」

自昨日開始，季婉三番兩次朝他左臂的刀傷上攻擊，包紮好的傷口幾次崩裂，鮮血和疼痛不僅沒讓他停下，反而讓他發狂地占有她。

他的話音剛落，躺在地上的季婉遲疑了一兩秒後，果斷變了攻擊方向，用另一隻腳朝他胯下狠狠踹去，動作相當俐落。

「看來不用些手段，妳是不會聽話了。」

再次躲過一劫的闞首歸扯過季婉腰下的丁香色軟紗披帛，從赤金架子上面的鏤空格中穿過，餘下兩端一邊綁住一隻腳踝拉高。

這下，任由她再怎麼掙扎，也是無濟於事了。

「闞首歸，你要幹什麼！要殺就……唔唔！」

「噓，妳很聒噪。」

男人眼都不眨一下，將季婉懷中的手絹裹成團，塞入了她的嘴中，餘下細細的嗚咽逸出，感覺莫名有趣。

季婉又氣又怕，桃腮漲得通紅，生怕這人想些什麼變態的招弄她，圓睜的眸兒水霧透染，濕漉漉的光亮看的闞首歸越發難以自持。

撩起散亂的裙紗，透薄的褻褲遮蔽著她勻長的玉腿，被綁住拉往後方的腿一動，絲滑的料子就在膝間落下幾分，大片的玉潤雪膚裸露出來。

大掌輕撫而上，溫軟的嫩肉讓闞首歸愛不釋手，抓住褻褲一角，在季婉驚懼的目光下稍稍用力一撕。

須臾，布料盡碎的聲音不絕於耳。

「唔！」

盈盈一握的如織纖腰下赤裸一片，微隆渾圓的嬌翹粉臀不安扭動著，也絲毫不影響玉門的無限旖旎風情。白嫩如雪的細嫩腿心還殘留著昨日被撞擊後的紅腫，而那被藥膏浸養一夜的桃唇花縫又恢復了最初的嬌澀絕美。

敞開的玉腿根本合不攏，季婉急得直哭，嗚嗚咽咽地狠狠瞪著身前的男人，他卻已經用手指去撥弄自己的私處了。嬌細的肉兒敏感，指腹磋磨在上，就是一股詭異的生澀酥麻，讓她不知覺地夾緊了臀部。

淡粉嫣然的花唇微凸生嫩，緊閉的縫兒嫵媚，如何都想像不到，昨日那數倍之粗巨的肉柱是怎麼進出其中的。

異物入得緩慢，讓穴壁本能緊縮，季婉依稀能分清那是闞首歸的食指，頂開層層蜜肉，緩緩攪動著微潤的內壁。

「嗚……嗯……」

他的手指修長，骨節更是完美分明，蒼勁的指腹間生了一層薄繭，旋轉蜜洞中，用力蹭在花褶上，緊張的穴肉很快就升起一股難以抑制的快感。

季婉根本不敢看男人妖異的綠瞳，只能咬緊口中的絹帕。

在他曲著指腹頂摳挖的玩弄中，昨天才幾度高潮後的膣道，根本就經不起他這樣的逗弄，漸漸潮濕了。

闞首歸似笑非笑地勾起唇，俊美的臉上隱有玩味，手指類比著性交的速度抽插在小孔裡，越發的溫熱黏滑讓他得心應手，餘下一手握住季婉顫抖的蠻腰愛憐撫摸，便聽他沉沉低語。

「嬌柔一捻出塵寰，端的豐標勝小蠻，我倒覺得妳更勝一籌。」

「唔！」

攪著瓊漿蜜汁的手指忽然拔出，隨之溢出的晶瑩水液被闞首歸撩起，淫邪的塗抹在季婉的兩片嫩唇上，瞧著指尖縷縷銀潤澤，便當著她的面，用舌頭舔了舔。

「嗯，味道不錯。」

季婉頭皮都麻了，心中直罵了千萬句變態。

沒想到，還有更變態的。

只見闔首歸拿過了一旁的琉璃簪子來，在她平坦雪白的小腹上畫著圈。

「我說過，若是殺不死我，妳就得自己承擔後果，所以……」

「唔唔唔！」

冰涼的鳳頭簪從腹間的雪膚一路下移，貼著凸起的嬌媚陰戶，穿過萋萋芳草，抵在了沾染蜜汁的陰唇上。

季婉瞬間就知道他想幹什麼了，急得奮力搖頭。

約莫四寸長的琉璃簪子只有小指粗細，最大的地方便是雕磨圓潤的鳳頭了，透著綠意的琉璃往桃粉的穴肉裡一塞，濕潤的花肉便裹住了鳳頭。

「往後妳用何物刺殺我，我便將它們塞進這裡面去。」

簪頭被推入了陰道，過了最艱難的花褶處，餘下的簪身輕而易舉地插了進去，一縷蜜水溢出，只餘下尖利一端的琉璃簪在兩片陰唇間急促顫抖。

第十四章

縮動的穴肉稚嫩，緊夾其中的琉璃簪子漸漸被溫熱了，不甚粗大的東西塞久了內壁，闞首歸只輕抽慢入，也挑逗得一壺花肉微顫，透亮蜜水滾滾泌出。

季婉攥緊了十指，咬住絹子低嗚，微涼的簪子光滑，輕巧的進出在肉壁中，攪著一池漸起的春水，羞恥感讓她心頭發慌。

「很難受？原來如此細小的物件也能讓你情動，想不想換個大些的？」

他修長的手指在她翹起的玉股間撩了一把膩滑水液，一點一點地塗抹在她雪白的小腹上，打著旋將那淫靡香息抹勻在柔滑的肌膚間。

又是一下深入，略大些的琉璃鳳頭抵在了深處的軟肉上，不可抑制的痠癢乍起，季婉不由得繃直了腰身發抖。那處昨日被他用圓碩肉頭搗得接連高潮，今天又挑弄，是入骨的癢和難耐。

「唔……」

從絹子裡細碎逸出的哀婉撩人心弦，受到蠱惑的闞首歸忍不住俯身去親吻她的小腹，濕熱的舌掃過顫慄的雪膚，一下一下地逗弄輕舔，一面用手將深入陰穴中的琉璃簪子抽出洞口。

「嗯嗯……」饒是季婉再討厭這個男人，也扛不住身體的本能。

他生疏的逗弄正漸入佳境，本就敏感的嫩肉被他來回舔弄，寸寸酥麻直入心扉。

離了蜜洞的簪子溼淋淋地被棄到了一旁，闞首歸挺身而起時，妖異的俊顏上一派狂色，略是急切地扯開腰間玉帶，褪去褻褲，將腹下早已腫脹多時的巨蟒放出，抵上流水不止的嫩縫，一鼓作氣地長驅直入。

一個空虛難耐，一個蓬勃脹痛，兩相契合在水澤深處，竟在同一刻發出了歡愉的聲音。

粗巨的肉棒充滿內道，頂著最後一寸緊密的嫩肉，推進顫慄的花心上，萬千敏感的媚肉爭相擠壓而來，各種的舒暢滋味唯有闞首歸自己知道。

跪坐在張敞的玉腿間，他重重地撞擊少女嬌白如雪的胯骨，然後壓住她急促起伏的胸脯，隔著層層凌亂的軟紗揉捏她的奶團，呼著灼息的薄唇湊近她的耳畔，有些粗暴地吻著她的桃腮。

「妳這女人……莫不是故意來誘我的？」

高挺的鼻梁透著一層薄汗，碧綠的獸瞳牢牢鎖定了身下皺眉低吟的季婉，胯下的衝擊速度只快不慢，淫靡水聲不絕於耳。

季婉生得很美，但論五官，闞首歸也見過比她更美的，但不知為何，第一眼看見她，他的心便忍不住躁動起來，移開彎刀的頃刻，便註定了一切。

蜜洞幽窄嬌小，凶猛進出的碩大猙獰得可怕，翻著嫣紅的穴肉，搗著一壺春液，弄得季婉眼花繚亂，雙腿發顫。

通身的酥癢如過電般亂竄，圓碩的大龜頭攪著悸動的媚肉狠插在花蕊中，又痠又癢，卻也是愉悅萬分。

季婉雖然感到羞恥，卻又抗拒不了這甘美的歡愉。

眨動的纖長眼睫下幽黑的眼瞳渙散，醞滿水氣晃動，男人充斥情欲的舌舔在眼皮上，緊接著塞堵著檀口的手絹被抽走，濕熱的大舌就攻了進來，根本不給她喘息的時間。

柔弱無骨的玉體被撞得來回顛動，綁高的一雙秀腿也晃出了誘人的弧度，潮濕淫滑的嫩洞承受著強勢的擴充填塞，發出羞恥的聲音。

玉溪縱處花肉緊縮，擠入的龜頭故意碾壓其中，炙硬的肉冠刮蹭磨弄，直將裡面弄得濕濡火熱，方鬆開那馨香的檀口，季婉便被闞首歸搗得急促嬌喘。

「啊啊……好脹……」

硬邦邦的棒身摩擦得內壁生癢，季婉顫著聲哀求，闞首歸卻充耳不聞地將她上身的小衫撕碎，動作間說不出的狠厲。

一片令人炫目的雪白中，他留下的斑斑青紅痕跡仍在，刺激著男人內心的占有欲，嬌嫩高隆的奶團隨著他的撞擊淫亂搖動，蹂躪著挺茁豐滿的奶肉，插入蜜洞間的肉柱越發硬勃凶悍了。

撈過桌案上的酒籌，闞首歸將其中的葡萄美酒一股腦地傾在了季婉的雪膚上，似血一般嫣紅的液體流淌在冰肌玉骨上，紅得香豔，白得奪目。

眼看一縷鮮紅潺潺流向兩人交合處，溶入那翻飛的白沫水液間，倒和她昨日的處子血一樣。

沉浸靡麗的男人舔舐著甘醇的酒液，也享受著少女絲綢般軟滑的身體，從不喜碰觸女人的他，對季婉的情欲卻相當濃厚，連他自己都覺得不可思議。

「啊啊……輕、輕點嗚……嗯嗯！」

碩大無比、火熱滾燙的肉棒衝到極深處，季婉被他插得小肚子直縮，難言的美妙快感包裹著她，經過昨天的連連高潮後，她已經很熟悉這樣的歡愉了。

闞首歸低喘著粗猛操入，剛剛拔出的大肉棒又重重地頂了進去，搗得季婉雪白粉嫩的小屁股一顫一抖，淫水汩汩。

「不夠，讓我插到最裡面。」

「啊啊啊！不要不要！」

濃烈的酒香間隱隱能聞到一絲讓人狂動的女兒體香，更多的則是交合的情動滋味了……

巨大的龜頭觸在膣肉花蕊上，搗著緊閉的宮口想要進入，引得季婉一陣急促抖動，微微凸起的柔軟陰戶被男性胯部撞得生疼，連藏在桃肉縫中的陰蒂也沒能倖免，壓得澀澀生癢。

濕熱的緊實銷魂難言，闞首歸的俊顏上也有了快意，加之季婉被他弄得洩了一地蜜水，強烈的高度刺激中，膣道本能地夾縮，被包覆其中的肉柱暢爽至極。

濃灼的精液噴湧在了陰道深處，待闞首歸緩緩退出紅腫的洞兒時，季婉已經昏過去了，緋紅的桃腮上高潮餘韻未退，緊蹙的柳眉都是他給她的難受。

「這般經不住。」他低笑著鬆開了綁在她雙腿上的披帛，又去抽了一雙藕白細腕上的宮絛，癱軟的女兒身姿極盡豔麗，看得他又差點忍不住了。

撩起從蜜洞裡滲出的白灼液體，用手指一點一點地塞回溼淋淋的肉縫中，優雅的動作細心又變態，摩挲著兩片充血的嫩唇，撿過季婉的小衣將陰阜上面黏滑的水液白沫胡亂擦拭掉。

抱著意識盡失的季婉起身，步履沉緩地朝內殿而去。

燦然的大殿極盡奢華，目光所及之處都是價值連城的寶物。

季婉扶著痠疼的腰起身，也猜到自己又回到了闞首歸的寢殿裡。掀開黑綢的薄被，赤裸雪白的婀娜身軀上青紅痕跡更多了，她咬咬牙，爬到了大床床畔，那裡齊整地放了一套裙衫。

顫著手穿好那套漢家華裙，將身上的痕跡齊齊遮蔽，踩著腳踏上的繡鞋床上，甫一起身，季婉便漲紅了臉。

無他，只因腿間私密處淌出了一股羞人的熱液。

幸而那人不在，季婉匆匆回到了住處，浸在水中好一番清洗。

他弄得太深了，她小心翼翼洗了很久才將裡面的東西掏出來，一手的黏滑灼熱，讓季婉忍不住趴在浴桶沿上低泣起來。

從萊麗口中得知闞首歸出了王庭，不知何時回來，季婉便循著路去了西面找阿成，心中念念不忘的仍舊是那件約好的事情。

「阿成？」

季婉是在那顆藍花楹下找到阿成的，少年穿著異域錦袍，金冠束髮，盤腿坐在花樹下不知思量著什麼。

直到聽見她的聲音時，恍惚了幾秒後，才欣喜地起身跑向她。

「我昨天一直在等妳，我以為妳不會來了。」

他俊雅溫和的面上難掩擔憂和歡快，柔如水的目光看的季婉有些發愣，昨天……大抵他等她的時候，她正被變態壓在胯下弄得哀哭不已。

「昨天我被事情絆住了，所以沒來成，你現在能帶我走嗎？」

情急之下，季婉也顧不得思考了。在闞首歸將琉璃簪子塞進她身下時，就明白她是殺不死這個男人的，唯有逃離，才能得到自由。

季婉來不及等待最佳的時機了，哪怕是現下的一絲空暇，她都想試著離開。

阿成的目光卻緊緊落在少女的頸間，微開的衣襟下，一截白如雪的嫩膚上印著一塊曖昧的痕跡，那是男人吮吻後的鮮紅，宣示著占有和掠奪，而且印上去的時間並不久。

「你怎麼了？」

季婉還不知道脖子上的吻痕露出來了，心中忐忑不安得很。眼下她能依靠的只有阿成，如果連他都不幫忙……

少年帶著一絲黯然斂眉，看著神情哀傷的季婉有些無措，抬頭急忙道：「當然可以，妳別難過，我昨天就準備好一切了。」

怕季婉不信，阿成便牽過季婉的手，帶她往自己的住處去，招來一個穿了鐵甲的武士用高昌話吩咐後，那人便離開了。

「好了，我們現在去西門。」阿成溫柔地笑著：「雖然不知道妳在怕什麼，但是我一定會送妳到妳想去的地方，所以別哭了，走吧。」

「謝謝你。」

謝謝他不追根究柢，謝謝他傾心相助，謝謝他溫柔以待……

因為不知道闞首歸何時會回來，季婉心中難安，和阿成出了宮苑往西門而去，也是急切匆匆。

阿成雖有疑惑，還是隨她加快了速度。

很快，季婉就知道那股難安是因為什麼了。

「我的好王弟，帶著你新嫂子要去何處？」

騎坐在駿馬上的闞首歸冷笑著，看著牽手並立的一男一女，碧色的瞳中殺意幽然，卻又漫不經心地把玩著手中的馬鞭，身後十來個帶著面具的武士卻已經準備聽令了。

第十五章

季婉被闞首歸提上馬背時，心中的震撼還不曾退去，她呆呆地看著不遠處的俊雅少年，心緒雜亂。

下顎間驀地生疼，闞首歸兩指掐著她的下巴，將臉轉向他，沉沉的陰鷙讓她背後發涼。

「我不過離開一會兒，就這樣迫不及待想逃？」

他帶著一絲令人悚然的笑，用指腹摩挲著她光潔細潤的下顎，綠眸裡卻是寒意濃烈。

「難過？失望？來，看看這裡，從這裡出去就可以離開王庭了，只要走出這道門就可以……可惜，沒有我點頭，妳這輩子都出不去。」

那雙沾滿過無數鮮血的手指著他們面前的大門，箍著季婉不甘扭動的纖腰，他刻意用最溫柔的聲音說著話。

從他見到她的那一刻，她就再也不能離開了。

季婉咬緊牙關，微紅的美眸中淚光閃爍，因為過於壓抑，纖弱的雙肩在闞首歸的懷中忍不住顫抖。

闞首歸感受到懷裡人的恐懼，全然沒有安撫之意，大手拉起韁繩，調轉馬頭，面向那重重疊疊的王庭宮脊。

「王兄！」

離去前，阿成喚了闞首歸一聲，抱著季婉的那男人卻連看也不曾看他一眼，便策馬離開。

下馬踏著石階回宮殿時，一直無話的季婉看著握住自己手腕的闞首歸，他身形峻挺高大，長腿跨幅間，她須得小跑才能跟上他。

此時她無心去想他會怎麼對她了，只忍不住問了一聲。

「他是你弟弟？」

闞首歸不曾停住腳步，只回頭冷冷睨了她一眼，嫋娜的嬌美少女只到他肩下，仰著臉兒小心翼翼地詢問，一雙泛紅的眼楚楚可憐，猶如那枝丫間緊開的雪柳花，纖小姝弱地讓人忍不住想蹂躪。

「怎麼，跟著他一起走，他卻連自己是誰都不曾告訴妳？」

握在她腕間的大掌多了一分慍怒的力道，疼地季婉直皺眉，努力跟著闞首歸的腳步，內心仍處驚悸。

阿成……阿成……

「他是不是叫闞義成？」

闞首歸終於停下了步伐，碧綠狹長的眼瞳幽深莫測，俊美的唇角彎出妖異的冰冷弧度，卻沒有回應季婉，反而將她扛上肩頭，大步往住處走去。

入了季婉的寢殿，闞首歸便讓萊麗端了盆水來，好在她不鬧不掙扎，讓他的怒氣消了一半。

接著，他擒著她的手按入了赤金的水盆中，抹了花膏不停搓洗，弄得季婉直喊疼。

「你弄疼我了！放開放開，我自己洗！」

闞首歸卻執拗得可怕，一言不發地將那細嫩的雙手在水中搓至發紅，才滿意地拿了巾帕替她擦乾，再握著她顫抖的手湊在鼻間聞，除了花膏的香味外，再無其他。

「若是再敢讓別的男人握妳的手，這麼好看的手，不要也罷。」

季婉咬緊唇瓣，難堪地抬頭望著他。

「你憑什麼這樣對我！我是人，不是你的寵物！你強暴我、囚禁我，我為什麼不離開？有種你就關著我，最好拿鏈子把我鎖起來，否則一旦有機會我還是要離開！」

活了十八年，季婉的人生向來順遂，在家有父母的寵愛，在學校有老師同學的殷殷關切，沒想到那場地震害她落到了這個千年前的時空，落到了這個男人的手裡，害得她回家的念頭越來越烈。

哪怕付出任何代價，她都想嘗試……

闞首歸靜靜地看著大哭大鬧的季婉，任由她捶打著他，面龐上透著幾許陰森，緩緩伸出的手掌將要落在她的後背，殿外卻有人來報。

「大王子，王有急詔。」

已然破罐子破摔的季婉，將所有勇氣粗魯都用在了這一會兒，連闞首歸的臉都被她打了一兩下，男人卻只是毫不在意地將她推開，轉身離去。

出了殿外，闞首歸迎風站在了高臺上，長指撫了撫被季婉打過的面龐，冷硬的唇線微挑，睨著身旁的侍衛長賽爾欽，忽然問道。

「夫妻間不能要求互相忠貞嗎？」

侍衛長一愣，大概是做夢也沒想到天神般的大王子會問出這等話，一時半會他也不知道怎麼回答，幸而大王子並沒有等待他的答覆。

闞首歸笑了，俊美霸然的容顏因為這表情，反而染上了一絲可怕的味道。

他記得母親說過，夫妻是要互為忠貞的，所以他從不碰任何女人。既然認定要娶季婉為妻，她又怎麼能由著別的男人牽手對視呢？

「去讓人鑄條鏈子。」

闞首歸剛走不久，萊麗便進來了，懷中抱著東西，入了殿中才發現季婉依舊站著哭得厲害，有些怯怯地走了過去。

「娘子您莫哭了，這是大王子吩咐送妳的，聽說是從王庭外特意帶回來的……」

萊麗話還未說完，懷中精緻的小果籃就被季婉奪去扔在地上，些許她都未曾見過的鮮果生生被摔成了泥。

一時間，萊麗也不知該說什麼了，看著一地的水果爛泥只覺可惜了。

季婉卻是氣不過地憤然踩踏，將心中委屈全發洩在了其中，最後更直接癱坐在地，用手按著心口，大口大口地喘氣，狼狽極了。

眼前損爛的果子裡，有不少是那日她從阿成那裡帶回來的品種，漸漸平靜下來的季婉才意識到了什麼。

「對不起，我失態了……萊麗，今年是什麼年號？」

萊麗正蹲在地上撿起柳條籃子，想將地上的雜亂清理，卻被季婉制止了，只輕聲回道：「天照二十六年了。」

天照二十六年？天照應當是現在的高昌王年號，季婉不得其解地咬著手指，她弄不清歷史，更分不清高昌和北魏的年號，以前倒是無所謂，可是阿成……

「妳先出去吧，讓我靜一靜。」

背靠在鎏金圓柱上，季婉開始回憶腦海間的寥寥幾行記載，應該是西元四百七十七年，高昌王闞伯周去世，繼位的卻是次子闞義成，第二年闞首歸便殺了弟弟奪位！

阿成……闞義成……

她早該猜出他的身分了，之前見他與自己很相似的漢人模樣，只以為是居住宮中的貴公子，卻忘記高昌王會有漢人妃。

同父異母，也難怪闞首歸會那麼做了。

闞首歸再回來時，季婉已經靠著金柱睡著了，一地果核雜亂，汁水蜿蜒，倒也在他的預料中。

走近那蜷縮成小小一團的女人，才發現她臉頰上還掛著淚珠，大概是哭累了。

長長的織錦裙襬上染滿了各色果漿，茶白的繡花翹頭履尤甚，他甚至都能想像到她是怎麼跳腳亂踩的，不由得露出一絲淡笑，伸手將季婉抱入懷中。

睡著的季婉本能尋著最舒服的姿勢窩著，好似小孩子一樣在闞首歸懷中扭動，腦袋方巧湊在他胸前拱了拱就睡熟不動了，乖巧地不可思議。

這一覺季婉起初還睡得極舒服，到後面就有些不對勁了。迷濛中，微闔的嘴裡闖進一團濕熱的軟物，冷冽的氣息混雜口腔，無論她怎麼推怎麼躲，只被那東西捲著舌頭，吸得生疼，偏偏就是醒不過來，胸前猶如壓著一座大山般，沉甸甸地差點透不過氣，導致她惡夢連連。

午後醒來，大殿中稍是悶熱，看著身上的睡裙，季婉想起了夢中的異狀，赤腳下了床榻往妝臺走去，拿過檯面上一把翡翠嵌寶石的波斯銀鏡，果不其然，鏡中自己的嘴微微紅腫，顯然是被人啃咬過。

「死變態！」

不用想也知道是誰做的。

季婉忍不住啐了一聲，將鏡子丟回妝臺，拿過匣子裡的玳瑁簪子將長髮隨意挽起，雪白頸下已是一層薄汗。

走過殿內的長廊，季婉隱約聽見了說話的聲音，一個是萊麗，正用高昌話盈盈樂道，另一個卻極為陌生，倒也能聽出是個極年輕的女子。

「呀，娘子醒了。」萊麗持著絹面團扇迎了上面，替季婉扇去熱風，一邊嬉笑著：「公主等您好些時間了，特意送來的涼果湯，娘子快過去吧。」

公主？季婉被萊麗拉到了大殿中央的席上，果見一名俏麗少女端坐著，身穿極為華麗的異域宮裝，見她來到，起身上前挽住了她的手臂。

「嫂嫂好，我叫巴菲雅，漢名闞平昌。嫂嫂妳真美，莫怪王兄那鐵石心腸的人也動了心。」

季婉有些不習慣地訕笑著看向闞平昌，這小公主同闞首歸一般是高鼻深目的異族血統，不過眼瞳卻偏棕色，長長的眼睫撲閃，乖巧漂亮地讓人頓生好感。

「妳好，我叫季婉。」

「我知道我知道，王兄跟我說過好幾次了！前段時間我沒在王庭，今日一回來便迫不及待地過來，嫂嫂莫見怪，王兄說怕妳初來乍到不習慣，叫我好好陪妳玩呢。」

闞平昌比季婉小兩歲，是高昌王闞伯周最小的女兒，性格極為活潑，惹人喜愛。拉著季婉坐下還不到一盞茶的功夫，已經從嫂嫂改成了姐姐，甚至還用惋惜的眼光看著她。

「王兄什麼都好，就是性子太冷了，不熟識的人光被他看一眼都嚇得要死。婉姐姐生得如此好看又溫柔，怎麼就碰上他了呢，簡直是一朵鮮花插在了什麼上。」

李婉正吃著闞平昌送來的涼果湯，差點一口噴出來。

「嘿嘿，這話我也就跟姐姐說，妳可千萬別讓王兄知道，他那人睚眥必報，若是知道我背後說他壞話，不定把我扔到沙漠去餵狼呢。」

「咳咳，餵狼？」季婉看著如此可人的小公主，想來闞首歸下不了手的吧？

闞平昌卻是極為認真，抱著季婉的腰猛點頭道：「以前二姐說了大王妃的壞話，夜裡就被王兄扔到了沙漠裡，父王讓人去救時，二姐已經中了蛇毒，差點沒命了，不過那也是她活該，誰讓她對大母妃不敬。」

「大王妃是闞首歸的母親嗎？」季婉忽然好奇地問著。

「對呀，可惜大母妃已經去世快十八年了，都怪……算了，不說這些了，婉姐姐，我特意帶了一些禮物來，妳快來看看喜不喜歡。」闞平昌話鋒一轉，又恢復了那俏皮的姿態，拉著季婉去看她帶來的東西。

季婉和闞平昌說著話，心中卻還在思量闞首歸的母親。

去世快十八年了……

第十六章

這幾日闞首歸沒再出現，只派了闞平昌來陪著季婉，將偌大王庭走了一遍，兩人也越發熟識了。

不過即便關係再好，闞平昌還是不會帶季婉去靠近宮門的地方。

「平昌，妳慢一點，這是要去哪裡？」

烈陽下，一身紅裙豔麗的闞平昌拽著季婉奔走，落後幾步的季婉只能攏著髮上的金花邊頭紗，收高的織錦長裙襬下，赤金小鈴鐺響得清脆，只見那一雙纖細潤白的腳踝倉促地移動著。

「自然是去看鬥獸啊，王兄也在呢。婉姐姐妳快些，不然要錯過了！」

季婉熱得不行，頭暈腦脹地被闞平昌拉著往北面的鬥獸場去，大老遠都能聽見人聲鼎沸的尖叫歡呼。

兩人到得晚了，場上已有一人正在赤膊鬥豹，眼看那頭巨型的金錢豹躍起撲來，那人迅猛如雷地轉身拽住了豹尾，將手中的短箭狠狠插入了牠的後頸。

登時，四周齊齊興奮吶喊。

「哇！王兄還是那麼厲害！婉姐姐妳快看啊！」

兩人並未上看臺，直接尋了陰涼處站著。

終於能歇歇的季婉靠著拱壁喘息，虛眸看向場上，視線還有些模糊，好半晌才認清那裸身制豹的人。

「闞首歸?!」

鬥獸場地勢開闊，兩人站的地方能清楚地看盡全場，只見那散著卷髮的男人毫不猶豫將第二支短箭插入豹頸，發狂嘶吼的金錢豹終是倒在了他的腳下，起身時季婉看清了他的臉，不是闞首歸又是誰。

她的視力極佳，距離也並不遠，闞首歸的一舉一動她都看進了眼裡。

那隻人人生懼的猛獸倒在了血泊中，他單腳踩著它的屍體，倨傲地緩緩擦拭去面龐上濺染的獸血，烈陽的金輝燁燁下，他勾著妖異涼薄的赤紅唇角，露出了一抹染著血腥嗜殺的狂野冷笑。

似是察覺到了什麼，闞首歸忽然抬頭朝一個方向看來，正對上他目光的季婉渾身發僵，被他那凶殘的眼神嚇得小腿一軟。

「天啦，王兄這眼神太可怕了！咦，婉姐姐妳怎麼坐在地上？」

「咳咳，有點頭暈罷了。」季婉慶幸自己戴了頭紗遮面，沒被闞平昌發現自己的神情。

多虧闞首歸那一眼，方才還大汗涔涔的她，這會只剩透心涼了。

「呀，王兄過來了……婉姐姐？」

闞平昌轉頭一看，才發現身旁空無一人，詫異至極，左看右看也沒尋到季婉的人，見哥哥越走越近，下意識地準備逃跑。

「巴菲雅。」

再說季婉那個膽小鬼，頂著烈陽一口氣跑回了住處，扔了被熱汗浸濕的頭紗，急急忙忙地跳進了滿是花瓣的微涼湯池裡。

「太熱了！」

聽著季婉哀號，萊麗跪坐在池畔三兩下就幫她將打濕的長髮挽起，笑著安慰她：「娘子待久了就會習慣的。」

「這種事怎麼會習慣，我現在只想回家，待在空調下哪裡也不去！」季婉掬了一捧涼水撲在臉上，透骨的清爽終於讓她舒服幾分，懶懶地坐在池中玉階上，把玩著水面上的新鮮花瓣。

回想起以前的生活，簡直是天堂般的享受。

萊麗對季婉口中時不時冒出來的奇怪字詞，早已見怪不怪了，只當是她家鄉的稀罕物，撩著微涼的水替季婉輕輕揉著肩頭。

「娘子的皮膚天生如此白嗎?似乎也不會曬傷呢……」

季婉側向一旁，身子浸在水中，雙臂放在了池畔將下巴放了上去，許是舒服極了，忍不住有了睡意，迷迷糊糊地回著話。

「嗯，不過來了這地方後更白了，奇怪……」

肩頭揉捏的小手不知何時變成了蒼勁的大掌，撩著生涼的池水撫在玉肌上，手心的灼熱一路而下，趴在池壁上的季婉被抱了起來，雖不曾離開水中，可赤裸的嬌軀已然入了旁人眼中。

「唔……」

胸前的瑩軟被罩住揉弄，漸重的力道捏得她忍不住輕吟，嫣紅的小蓓蕾被人兩指夾住拉扯時，她緊闔的眼睛有了半分鬆懈，纖長的眼睫顫巍巍動著。

見她依舊不醒來，作亂的大手越發放肆了，一邊揉著高隆的雪白，一邊探入了她的腿間，在萋萋芳草中對著緊閉的小花縫摩挲了幾許。

頸間縈繞的灼息粗重，伴隨著微疼的啃咬，讓夢中的季婉有些難受，小手忍不住在空中亂舞，嫣紅的小嘴還嘟囔著:「走開……嗯……」

抱著她的男人沉沉一笑，緊貼著蝴蝶骨的狂野胸膛微震，自嬌軀身後用膝蓋將季婉軟軟的玉腿分開到兩側，探弄在花縫中的手指將兩片嬌嫩的唇肉撥開，碩大渾圓的肉頭便抵了上去……

粗壯且蓬勃的肉柱奇長深抵，怒張的青筋和著擠入的池水不可抗拒地推進，受驚的細嫩小花徑劇烈縮緊，仍被一寸寸地擴張到最大。

「啊！」

充滿的感覺令季婉迅速清醒過來，只見一隻大手緊勒著她的腰肢，在她下意識掙扎的瞬間，另一手扣住了她的左側大腿，身後猛然發力往上撞來，她便被幽穴中的肉棒撞得眼淚直落。

圈圈漣漪泛著花瓣猝不及防蕩漾，隱祕於水中的媾和深契才剛剛開始。

方才那一下子，陽具的肉端便陷在了嬌軟的小花心上，巨長的肉柱停止了抽插，生猛的大蟒猶如被馴服一般，乖乖地待在水嫩穴肉裡，享受著美妙的緊致顫慄。

「剛剛為什麼要跑開？就那麼不想看見我？」

李婉身形嬌小，闞首歸則高大異常，將少女禁錮在胸前，貼合得密密實實，濕熱的舌挑逗性的舔弄著她的耳垂，直將粉白含成誘人的嫣紅。

「抑或是妳想勾著我回來？」

他笑得低沉，悅耳的聲音鼓動著季婉的心，看似正常的曖昧姿勢下，最敏感的地方緊緊相連著，她咬著唇將紅霞暈染的小臉躲到了另一側，努力隱忍著喘息。

闞首歸也不逼迫她，粼粼水波中捏著掌中的細軟纖腰順勢而上，胯間小幅度地搖動起來，用粗碩的巨棒磨弄季婉的重心所在。

「嗯唔……」那般深插得輾轉磨碾，緊嫩的花徑蜜肉早已生媚發癢，強烈的刺激讓季婉心頭狂顫，咬紅的櫻唇微闔，急促地嬌喘起來。

怒張的猙猛駭人，饒是不進出操弄也將季婉抵得漸漸濕潤起來，更別說闞首歸的另一手還在挑弄她胸前，一雙含絳嫣然的桃兒生生被他搓得發脹。

「紅了呢，這顏色真漂亮。」

那是從瑩白雪膚裡透出的嫩紅，嬌豔地撩人心弦，闞首歸愛極了這樣的嬌紅，不免加大了擺動的幅度，蜜穴濕漉漉地縮緊，顯然除了滲入的池水便是她自己的情液了。

逃不開身後強大滾燙的男性胸膛，季婉綳緊了水中的玉腿，坐在闞首歸的大胯上，她沒有半分抗拒的能力，濕熱中的灼硬占據了整個甬道，他動得厲害，她的身子就越發地軟。

「嗚嗚……不要動……」

削蔥玉指扣住闞首歸的手臂，卻是如何都掙不開他，嚶嚶的哀婉急促無助，直叫插入體內的大棒改換了花樣，由下而上的頂撞狂猛，季婉被插得大喊不要，夾緊的穴壁怎麼也抵不住巨棒的操弄，莫名的刺激讓她羞憤萬分。

「為什麼不要，妳吸得越緊，只會讓我更想插深些。」

剛結束殺戮的男人很容易就被肉欲撩撥得亢奮起來，懷中柔軟如水的冰肌玉骨迷人眼，由著季婉在他懷中顫抖掙扎，挑著妖邪的薄唇不斷加快操弄速度。

「啊啊……呃！」

季婉被顛得在水中直晃，大大岔開的玉腿間，肉柱在陰穴深處抽動，灼熱的膨脹讓她想尖叫，可是過快的搗弄讓她只能發出咿咿呀呀的媚呼來。

顯然闞首歸也不想給她說話的機會，一個勁地撞著她，狂野的胯間蘊藏著讓季婉害怕的力量，彷彿再也不會停下，濡濕的內道裡浸了不少涼水，巨大摩擦著膣肉間增了不少異樣的刺激。

「這樣弄妳很舒服吧？裡面可是越來越濕了，如此就不算是強迫妳了吧？」

他甚至用手指去撥弄柔嫩充血的小陰蒂，萬分敏感的一點被刮得酥麻，湧動的快感由內而外蔓延，絞著肉柱的每一分穴肉都在騷動，直到被巨棒狠狠地擠壓摩擦，無法言喻的滿足充斥全身。

「唔嗯……呃呃呃！放過我……嗚！」

沉入水中的平坦小腹受到了池水的壓力，使得腹中深處的搗弄越發清晰，只見一池花水劇烈波動，可想水面下的交合有多麼狂野。

季婉承受不住這樣的刺激，腳趾蜷縮，玉腿直抖，緊緊密密的嫩洞花壺被火熱充滿。

挺進淫滑不堪的內道，頂端的龜頭戳著嬌媚發緊的花心一次比一次重，闞首歸恨不得闖入那細小的頸口去，眼看季婉仰著粉頸在他懷中泣不成聲，內心升起說不出的興奮和躁動。

「下次再敢看見我就跑，我就幹到這裡面來。」

蒼勁的大掌貼著顫縮的小腹重重一壓，季婉驟然尖叫了一聲，雲鬢間香汗淋漓，緊閉著美眸小嘴大張，說不清痛苦還是過度愉悅，粉雕玉逐的桃頰畔，一滴滴的淚珠滑入水中。

赤裸的嬌軀顫慄起來，闞首歸趁機搗插而入，幽幽緊密的內壁正是滑嫩，每一分夾緊絞縮的阻力都是讓人想要低吼的快慰。

晃動的池水不斷打在玉石雕砌的池壁上，隱藏在水下的攻勢已經爐火純青地可怕，坐在巨柱上的季婉緊張難耐，蟲噬般的痠癢遍布周身，只消再被操弄片刻，她就抵不住了。

不染一絲瑕疵的霜肌雪白，纖美的香肩上落著一片鮮紅花瓣，眼看快顫慄滑下，闞首歸俯身張口含了上去，吸吮著那一寸的嫩肉輕咬，連那花瓣都和著馨香一併吞入了喉中，滿腔的女兒香沁心迷人，胯下動作跟著粗暴起來。

「不要！」

偌大的池水中染滿了淫靡，闞首歸抱著差些窒息的季婉起身上岸，柔弱無骨的身子還在高潮餘韻下顫抖著，堪似那被蹂躪後的嬌花般，又可憐又媚人。

他自然沒打算就這麼放過她，穿過重重輕紗雪幔，將季婉放在了玉骨雕砌的涼榻上，欺身而上將她無力的雙腿扛上肩頭，健壯的胯部往上一抵，紅紫巨長的肉柱又入了她的蜜洞裡。

縷縷濁液外溢，生生將粉花蚌肉弄得淫濕，一進一出間，兩片緋紅發腫的唇都緊緊吸附著青筋蓬勃的大肉棒。

「嗯唔……嗚嗚……你停呃呃……停下……」

還未緩過勁，又是一輪強勢抽動，季婉著實吃不消，躺在闞首歸身下被撞得一顛一哭，緊窄的蜜穴是想方設法地要將他擠出去。

闞首歸舒爽地睇眼低喘，擒著她玉潤的小腿，享受著入耳的急促鈴聲，沉重的撞擊操弄隱隱多了幾分野性。

「繼續這麼擠著。」

又是一番深插，頂入花心的龜頭脹得季婉根本不敢去擠夾。偏偏闞首歸上癮了，貪戀著方才那一刻的嫩肉緊裹，餘下一隻大手狠狠打在瑩軟嬌翹的小屁股上。

淫水流溢的內壁俱是一顫，繼而夾縮起來。

季婉難受地直搖頭，雪白的柔荑胡亂拍打著闞首歸的胸膛，豐美烏亮的長發自榻畔傾瀉而下，一張芙蓉面姣紅妖嬈，最是鮮潤的櫻桃小唇無助地微張著，有難捱哀泣也有驚促媚呼。

搓揉著晃動不止的雪白，闞首歸將方才在水中的收斂盡情釋放了出來，用力貫穿著嬌小的蜜洞，豐沛的分泌物不斷溢出。

令人尖呼的快感越來越濃，季婉推不開身上的男人，只能緊抓他的手臂，在劇烈的顛動中找尋一絲安全，極度的填塞操入近乎瘋狂，眼花繚亂之際，一股又一股的熱流往臀後淌去。

啪啪啪！

深度的契合極樂歡愉，磨動著密密實實的薄嫩穴肉，隱起的騷媚讓闞首歸銷魂不已，濕熱的大舌吸允著身下赤裸的嬌軀，一遍遍地安撫著尖聲哭泣的人兒。

「啊啊……不行、不行！」

快感如狂浪般襲捲著季婉，身下的撞擊一下比一下重，蓬勃的龜頭發狠地搗弄，似乎只要她有半分鬆懈，它就會闖進那個從未被進入的深處。

季婉恐慌又緊張，快慰且刺激。

架在男人肩頭的玉潤蓮足急迫地踹動著空氣，想要逃離，卻又被闞首歸蠻力禁錮著，斂眸看去，自蜜穴中四濺的淫液弄濕了兩人的小腹，一個是平坦纖弱，一個是強壯血性，盡情地詮釋著力與美。

咬住季婉仰起顫慄的雪頸，闞首歸用舌頭舔弄著細小的青筋，緊箍的穴肉已經讓他失控，躁動的興奮讓他根本就不想放過她，堅挺的胯下之物猛力肏在宮口上，那個只有他能嘗試到達的神祕處，很快就要被幹開了。

「鬆開些，讓我插進去！」

俊美霸然的異域俊顏上熱汗滾動，布滿情欲的綠眸火熱地凝視著身下的人，高鼻深目投下一片妖異優雅的陰翳。

季婉黛眉緊蹙，急亂地嬌哼浪叫著，身下被巨物填滿的洞兒已經到了極致，摩擦到發麻的兩片陰唇都透著絲絲癢意，敏感萬分的水嫩穴肉下意識吸緊。

「不不！啊！」

淫靡水聲大作，闞首歸乾脆掐住了她扭動的纖腰，調整好抵入的方向和力度，只往那一個地方搗幹，再是緊致不開的嬌花，也會被他撞得綻放了。

宮頸的細窄比陰道還要過分，最先進入其中的龜頭被箍得差點一洩如注，闞首歸倒抽了一口氣，情不自禁地緩了幾分挺動，貫穿在濕滑水潤的媚肉中，一點一點地去開拓那個極端緊密的地方。

那是連季婉都不清楚的蜜處，插得越深淌的水便越多，強烈的刺激不停歇地傳遍周身，雪白瑩軟的玉體不停輕顫。

「太緊了，不過插得好深，瞧，這裡都是呢。」

闞首歸勾著冶異的唇，用手去撫摸著季婉的小肚子，她太瘦了，以至於腹中凸起的一大塊異常明顯，他動它也動，他停它便也靜了下來，那是他肉柱的形狀，龐大而粗碩。

「嗚……嗚……」

這樣可怕的深入，每一下都是入骨的快感，哪怕是呼吸季婉都覺得癢得厲害，直擊心靈的快意讓她知道了淫亂的瘋狂，甚至沒抵擋住幾下律動，就不行了。

潮湧的熱液裹吸著肉柱，層巒疊嶂般的花肉緊嘬，幽幽膣道劇烈痙攣……

闞首歸腰背蓄力，狂亂搗撞起來，在細細碎碎的微弱哭聲中，季婉被他用最直接的方式烙印占有，粗巨的陽物深深貫入，滾燙的熱液噴發在小小子宮中。

「啊！」

闞首歸暢快地低吼著，抱著痙攣的嬌小女體，久久契合其中不肯退出，濕濡的舌舔在季婉緋紅的臉頰上，輕柔又詭異。

「妳的肚子裡，可都是我的東西……」

他的肉棒、他的精水，還有他給她的無盡極樂。

第十七章

鬫平昌到季婉的住處時，正碰著萊麗送疾醫離去，以為季婉是病得嚴重了，攏著裙襬疾步入殿去，卻在玄廊處停下了腳步。

透過一排光澤極潤的珠簾，華帷床榻下的兩人一度靜默，一個躺在榻間閉眼難受，一個坐在榻畔，竟是在為她揉肚子。

說不出的震驚充斥在鬫平昌心頭，她從不知面冷心更冷的大王兄也有如此溫柔的一面，不苟言笑卻又小心翼翼地替季婉揉弄著小腹，似是在紓解痛楚。

若非親眼所見，任誰說破嘴她都不會相信。

在誰也不曾發現的情況下，她又悄然地退了出去。

午後的內寢殿中，明媚的陽光透過窗上的繁複雕紋蕩漾開來。擱置在一旁的的湯藥升起嫋嫋白霧，溶入蘭麝熏香中，味道怪異極了。

小腹間的鈍痛直叫季婉咬緊牙根，她本來就有痛經的毛病，昨日在涼水池中歡愛過度，導致今天痛不欲生。

「喝藥。」

端起玉碗，鬫首歸用銀勺攪了攪烏黑的藥汁，濃郁的苦味讓他劍眉微蹙，盛了一小勺湊到了季婉發白的唇邊，動作熟練地一傾。

才喝了一小口，季婉的臉就皺成一團了，吐著舌頭眼淚直飆，也不顧面前的闞首歸，直喊著：「好苦！」

闞首歸愣了愣，扶著藥碗，從琉璃杯裡拿起一塊蜜餞塞進她嘴裡。

抿著極甜的蜜果，季婉的表情就沒那麼痛苦了，雖然還想吃，可是又不好意思跟他開口，畏縮的眸光瀲灩，怵惕地看著他。

「喝了這口，才許再吃。」他沉著聲，毫不憐惜地將銀勺遞到她嘴邊：「張嘴。」

沒了大掌的輕揉，腹下又是一股絞痛，季婉只能乖乖張嘴，殘留口中的甜迅速被苦澀蓋了過去，她強忍著吞下，眼巴巴地等著闞首歸餵她蜜餞。

修長的指挑了一塊大些的蜜果送進了微張的檀口中，看著再次得到緩解的季婉苦中作樂，闞首歸冷峻的面龐上也不禁有了一絲笑意。

「這幾日乖乖吃藥，我會讓萊麗看著妳。」

季婉正嚼著去了核的蜜果，努力讓絲絲冰甜安撫味蕾，聽著闞首歸的話，頓時就垮了臉。良醫說她自小宮寒，往後每個月的這幾日都得吃藥調養。

「太苦了。」她弱弱地說著。

闞首歸又將勺子湊到了她的嘴邊，這種時候他的耐心似乎格外好，沒了往日陰沉森寒的戾氣，低醇的音色柔和不少：「之後吃藥，我會讓她們送蜜餞過來。」

餵完一碗藥，琉璃杯裡的蜜果也見底了。放下玉碗，闞首歸又替季婉揉了揉小腹，按著良醫的囑咐將手掌貼在平坦中緩緩摩挲。

男人的掌心火熱，隔著一層薄薄的紗衣，很快又將冰涼的玉肌揉得發熱，暖暖的舒適緩解了大半的疼痛，季婉嘴裡還含著蜜餞，鼻頭卻忍不住又酸了，幾次沒忍著眼角的濕潤，只能倉皇地閉上眼。

以前肚子痛的時候，她媽媽就是這樣給她揉的……

「過些年婉婉要是嫁人，一定要找個像媽媽這樣，會幫妳揉肚子的男生，那才叫疼妳愛妳。」

暈暈沉沉中，季婉恍然睡著了，夢中她回到了現代、回到了自己的家……

「婉姐姐妳怎麼了？」

耳畔似乎傳來了闞平昌急切的呼喚，季婉被大力推醒了，睜開眼迷茫地看著榻前的兩人，胸口還在心悸顫抖。

闞平昌拿了巾帕替她擦拭額間的熱汗，一邊說道：「方才怕是夢魘了，我看妳臉色不對勁，就把妳推醒了，無事吧？」

「夢魘？」季婉黛眉微蹙，她記不清夢到什麼了，偶爾掠過的破碎片段，依稀是無垠的沙漠，漫天的黃沙似乎都被鮮血染紅，她的周遭全是屍體……

萊麗端了熱茶給季婉，擔憂道：「可要喚大王子回來？娘子一直在喊大王子。」

口中的熱茶哽在了喉間，季婉有些不可置信：「我在喊他？不、不用了，應當只是做了個惡夢，嚇到你們了，抱歉。」

即使醒了，季婉還有些毛骨悚然，再想回憶那場夢，卻什麼都記不得了。

「惡夢罷了，婉姐姐就不要再想了，我身子虛弱時也總會做些奇奇怪怪的夢，沒什麼好怕的。」闞平昌嫣然一笑，安撫她道。

闞首歸奉王命再度去了下城，一晃幾日過去，季婉也恢復得差不多了，與闞平昌在庭中對奏琴樂，一個素指撥弄箜篌，一個玉手輕彈琵琶，悠悠綿綿，流聲悅耳。

笙樂極致時，梳著長辮的侍女們忍不住舞了起來，豔麗的長裙飛旋，好不熱鬧。

最後一撥結束，長廊下傳來了幾聲掌聲，季婉抱著琵琶遲疑看去，十數侍女簇擁著一美豔婦人款款而來。

「阿娘！」闞平昌離了箜篌便欣然地喚了一聲，起身挽住了那婦人的手臂，用柔然話說著：「您聽到了？婉姐姐好生厲害。」

季婉也跟著起身，雖然聽不懂闞平昌在說什麼，可見兩人眉目間的相似明豔，便能猜到此人乃是闞平昌的生母——闞伯周的大繼妃阿卓哈拉——她連忙行了一禮。

「不必多禮，快坐下吧。」阿卓哈拉用略帶生澀的漢話回道。

年越四十的阿卓哈拉是純正的柔然人，她是闞伯周在第一任王妃去世後，又從柔然嫁來的，據悉她與闞首歸的母親還是表姐妹的關係。保養得宜的面容極顯年輕，身為高昌王庭的女主人，為人卻頗是和善，起碼待季婉熱情得很。

季婉剛坐下，便迎上了大王妃意味深長的打量目光，粉光若膩的臉上不自禁浮出一抹嫣紅。

闞平昌似是在為季婉說著好話，大王妃甚是無奈地拍了拍她的手背，示意她安靜，如柳似煙的眉微舒，含笑道：「是個妙人兒，難得見阿努斯如此喜愛，大善。」

見季婉疑惑，闞平昌盈盈笑道：「婉姐姐，阿努斯是王兄的本名，意為最強大的人。」

季婉了然，高昌是多文化融合，闞伯周喜歡延續漢家，以至於子女都有漢名，往常她只知道闞平昌還叫巴菲雅，卻不知道闞首歸也有別的名字，這名字倒真適合他。

「好孩子，過來些。」

大王妃朝季婉招了招手，季婉方坐過去了些，她便招手讓侍女端了漆金描花的托盤來，優雅地拿起一支赤金絲嵌寶三環臂釧，拉過季婉的右手，替她戴上。

潤白的雪膚嫩得出奇，纖細又不失嬌美，早已備下的臂釧正是合適，晃動在細腕間，燦燦赤金反倒襯得華麗脫俗。

「王妃……」

「阿努斯是我看著長大的，他的性子多少隨了他的母親，偏執倔強卻又不善於表達，若是真喜歡上一個人，那便是一輩子的事。雖沒親眼所見，我也聽巴菲雅說了很多……孩子，再給他點時間，我相信妳也會喜歡他的。」

大王妃款款細語，柔和的眼角有些濕潤了，握著季婉的手，語重心長地嘆息了一聲。

季婉低頭不言，其實她曾幻想過的，如果相遇時闞首歸溫柔以禮，沒有後面的逼迫，也沒有霸道索取，又會是如何……

「發生過的事已經發生了，或許妳現在厭惡他、不喜他，但我還是希望妳能再等等，等妳瞭解了他、習慣了他，再做決定也不遲……到那時候，若是妳有別的選擇，可以來找我。」

顯然，這位身居後宮的王妃對諸事瞭若指掌。

燥熱的風吹動藤間花瓣，紛紛飛舞的馨香肆意妖嬈，季婉伸手接住了一片鮮粉，還來不及握住，便飛走了。她悵然地斂眉，思忖著大王妃的話。

「好了，美麗的女孩們，願意為我再奏一曲嗎？」王妃撫了撫季婉的手，柔柔一笑，美豔懾人。

「自然。」季婉莞爾，轉身抱過琵琶，與闞平昌對望一眼，極有默契地再次撩動起琴弦。

逃不開、掙不脫、解不清的事，與其自尋煩惱，不如順其自然……

從闞平昌的宮中出來後，天色已經不早了，玩鬧一下午又與王妃同用膳，季婉的心境變了不少，連萊麗都察覺到了她的不一樣。

「娘子還是笑著好看。」

季婉恍然地摸了摸臉上的梨渦，才發現自己一直在笑，抬頭望向漫漫星空，她又想起了王妃的那番話，不禁嘆道：「大王妃很好。」

「那是當然，王妃待所有人都很溫柔，可惜……」萊麗有些沮喪地低下了頭，悶悶說道：「自從巴菲雅公主出生後，王就再也不曾去過大王妃宮中了。」

季婉訝然，這位阿卓哈拉王妃不止溫柔還美貌明豔，即使年過四十也依舊風姿綽約，高昌王竟會不寵愛？

「怎會如此？」

萊麗看了看四下，小心翼翼地道：「聽聞王是愛瘋了二王子的母親，哪怕去世這麼多年，還念念不忘著，平日誰也不敢提及，若是被聽見了，會惹禍的。」

「闞義成的母親？」

「是的，娘子我們快回去吧。」萊麗有些緊張地帶著季婉快步走了起來，一副害怕被聽到剛才的對話似的。

沒想到走沒多遠，正巧就遇上了闞義成，抱著果籃的少年長身玉立靜靜站在樹蔭下，似乎等很久了。

「阿婉。」他有些躊躇地低喊了一聲，面上的欣喜之色轉瞬即逝，大抵是因為第一次這般親切地喚她，也不知是尷尬還是害羞，俊美如冠玉的臉有些紅了。

季婉並未走近，自從知道他的真實身分後，她很是糾結，如果他註定死在闞首歸的手中，那她究竟要不要救他？不救，良心難安；救，萬一改變歷史出現更嚴重的事，該如何是好？

「娘子，快走吧。」

此處靜僻，萊麗的聲音不大，站在遠處的闞義成還是聽清了，委實忍不住往這邊疾步而來。

「別走，我只是想送些果子給妳，上次見妳愛吃……」

季婉複雜地看了他一眼後，不顧萊麗的阻攔迎了上去。

上次在宮門處發生的一切還歷歷在目，她知道闞首歸本性霸道，不喜歡她和別的男人接觸，更遑論對象是闞義成。

「阿成，謝謝你，你不必對我這麼好，我的事情已經麻煩你良多了。若是可以，希望……」

約莫是知曉季婉想說什麼，闞義成抬頭看向她，抱著柳木籃子的手掌慢慢收緊，溫和的笑意有些凝固：「希望我不要再來找妳嗎？是因為王兄吧？雖然我自小便與他不和，但他依舊是我的親哥哥。」

見季婉緘默不語，闞義成神色漸黯。

「妳遠離故土孤身在此，我只是想送些東西給妳，就當成是弟弟送給嫂子的禮物不行嗎？」

他將懷中裝滿瓜果的籃子遞了出去，目中真誠化作了柔柔明光，看得季婉心頭一顫，不再拒絕，伸手接過了籃子。

「謝謝，我和闞首歸其實……」

其實如何？互不瞭解的兩個人已然有了夫妻之實，她再怎麼解釋也無用。

闞義成似乎正等著她接下來的話，見季婉並沒有說下去的意思，微微有些失望地道：「不管如何，我答應幫妳的事永遠算數。」

季婉走了，背影透著幾分倉促，依舊站在原地的闞義成再也沒了笑意，薄唇抿成一線，清朗目光也變得幽幽陰沉。

天氣炎熱，季婉沒什麼胃口，便坐在寢殿裡將闞義成送的瓜果當晚膳，一大串的紫晶葡萄顆顆飽滿香甜，水蔥素指輕輕地剝去外皮，嫣紅的唇一張便將流著汁的葡萄吸入了檀口。

「唔，好甜，萊麗妳也吃吧！」

「這都是二王子送給娘子的，我可不能吃。」萊麗忙擺了擺手。

換做旁人倒罷了，季婉卻不在意，親手剝去了葡萄皮，就湊去了萊麗的嘴邊，笑道：「快吃吧，也不知他用了什麼方法，這味道和其他果子不同得很。」

萊麗吃了一口，也忍不住彎了眸，「真的耶！」

「來，好吃就多吃些。」季婉大方地將瓜果往她那邊一推，想起上次被闞首歸打翻的果籃，她便撇了撇嘴：「還得加緊吃，誰知道那個煞神什麼時候回來……」

「煞神？誰呀？」萊麗好奇地問著。

含著葡萄，季婉正要說話，便見室內的長廊下不知何時多了一人。被他陰鷙的目光一掃，她嚇得被葡萄噎住了。

「咳！咳咳！」

闞首歸負手而來，明光下的俊美面龐冷漠倨傲，看著劇烈咳嗽的季婉，他似笑非笑地問：「煞神？是在說我？」

好不容易將葡萄吐了出來，季婉無力地趴在烏木嵌金邊的小案幾上，許是用力過度，粉雕玉琢的臉上染了一層近似胭脂的紅暈，在鬱鬱光亮中，說不出的楚楚動人。

見勢不對，萊麗早已溜走，偌大的寢殿裡只剩下兩人，闞首歸只一彎腰，就將她抱入了懷中，輕而易舉地抵消了她的掙扎。

「別亂動。」

分別多日，終於再將她納入懷中，牽掛多時的念想得到了滿足，隨之而來的便是不可言喻的躁動。

他將臉湊在她的頸間，肌膚透著股股馨香，「已經硬了，再亂動，吃苦的可是妳。」

季婉周身一僵，躲開他在耳邊的怪異灼息，緊貼著他腰腹的腿直接碰到了那根硬邦邦的大東西，即使有衣物遮蔽，也是明顯得可怕。

「別別。」

她瞬間乖巧了不少，闞首歸著實滿意，改為單手抱緊她，掐著玉潤嫩滑的小下巴往上一抬，迫不及待地強吻上去。

溢動的香滑嬌軟喚醒了蟄伏的猛獸，粗糙的大舌堵住小小檀口，就著細弱的嗚咽嘗盡了她的味道，萬千念頭叫囂而起，加劇他霸道又野蠻的索取。

第十八章

季婉差些窒息在這霸吻中，舌根被絞得發疼，口腔裡膩滑不已，急迫之下她便用手去推闞首歸的臉，豈料那正在興頭上的男人，放開她的嘴後，直接含住了她的手指！

「你！」

碧色的眸子逐漸深邃，帶著濃烈的情欲，赤裸裸的危險讓季婉的臉又紅了幾分，食指被他含在唇間舔磨，大舌挑逗性地逗弄著指腹，癢得她想要抽手。

整齊的齒輕咬住了纖嫩的指節，根本不允她掙扎，漸漸的，闞首歸唇側的笑意也濃了起來，抱著季婉的手開始往下移去。

天氣炎熱，季婉身上的裙紗自是單薄，游移的大掌充滿熱度，清楚地展現了侵略意味。

「啊！」

季婉猝然嬌呼，原是垂在闞首歸胯前的長腿轉瞬盤在了他的腰間，惡趣味得逞的男人，揉捏著嬌臀的手更加肆意了。

如此曖昧親密的姿勢，更甚滋生了他的興致，腰下緩緩用力，藏匿衣物中的巨硬碩物便淫邪地撞擊在女人柔軟的腿心間。

「放、放我下去！」季婉抖著纖弱的肩頭，鼻息間全是闞首歸冷冽強勢的氣息，隔著薄薄軟紗，嬌嫩的腿心被撞得輕疼。

闞首歸卻彷彿沒有聽見似的，目不轉睛看著她，不論是憤然還是無奈，都是那般的嬌俏動人。看得久了，目光也就專注了，幽綠的瞳中好像燃起了熊熊烈焰，似要將懷中的她燃燒殆盡。

好不容易將手指扯了出來，也顧不得上面膩膩滑滑的口涎，季婉踢動著腿就想跳到一邊去，右腳方踩在地間還未站穩，闞首歸就抱著她順勢倒在了厚實的錦墊上。

「唔！你好沉……」

身上那沉如巨山的男人重的出乎預料，季婉被壓得皺緊眉頭，感覺肺裡最後一絲空氣都被壓出來了。

闞首歸稍稍抬起身，將臉溫柔地貼在她頸間，像頭無害的巨犬一樣，捉過季婉的手，再次意猶未盡地舔舐起來，一下又一下。

「你到底要做什麼！」

季婉被舔得毛骨悚然，側臉看向他白皙俊美的面龐，大殿中明亮熠熠，正好能清楚看見他涼薄妖異的唇側勾勒著笑意。

那是一種處於極度飢餓渴望著美食，終於能嘗到，企圖吃拆入腹的興奮……

五指間梭巡的濕滑癢入了心頭，季婉猶豫著往回抽手，沉浸興致中的男人猛然一動，看向她的目光頃刻銳利，嚇得她心跳都慢了一拍。

闞首歸忽然一笑，舔著嘴角沉沉道：「唔，好甜。怎麼，嚇到了？」

明明是在笑，季婉卻在他眼底看不見一絲柔和，深沉的陰鷙昭示著此人的詭異多變，讓她不僅沒鬆一口氣，反而更緊張了。

「妳又見了他？」

他掃了一眼案上的果物，漫不經心地挑起季婉的長髮把玩，口中淡淡的葡萄甜味越發濃了。

問句裡的「他」自然是指闞義成。

季婉緘默不語，只警惕地看著他，幸而身上的重量大半傾在了一旁，她還算能順暢呼吸。

靜極了，闞首歸也不逼她，修長的手指將青絲纏繞在指尖，一手還霸道地環住她的腰肢。

「我以為妳會記得我的話……我這王弟生得好看，對誰都溫柔得很，小婉兒很喜歡他吧？怎麼，不喜歡我這麼叫妳？那阿婉如何？」

淡然的語氣透著戲謔，季婉卻通身發寒，急切慌亂地想從他懷中離開，可勒在腰間的長臂如何允許，才環緊了幾分，就疼得她受不住。

闞首歸將她難受的模樣一一收入眼中，卻不肯放鬆力道，微涼的薄唇貼在她頰邊，剛想吻上，卻被她厭惡地躲開了。

寧靜的氣氛中傳來了他的輕笑，好看的大掌穿梭在季婉密密的烏髮中……接著，五指收緊！

「啊！」

頭皮間疼痛加劇，季婉下意識仰起了臉，顫抖著牙根往後去，這次闞首歸終於不用費勁地往前湊了，粉雕玉琢的臉龐就在他嘴邊。

「疼嗎？妳該慶幸沒有讓他碰妳，否則……還有更疼的……」

濕濡的大舌帶著灼熱，緩緩舔在她的臉頰上，額頭、眉心、眼瞼、臉頰、鼻子……每處都被他仔細地沾滿氣息，就像動物一樣，企圖用自己的味道宣示主權。

季婉疼得不敢動，眼角不斷溢出淚水，視線模糊地看著那駭人的幽幽綠眸。

良久，闞首歸才放開了她，逃脫箝制的季婉手腳發麻地爬到了另一側。

似是死裡逃生般，可惜她的力氣已經消失殆盡，不能快速地離開這個讓人窒息的地方。

「我送妳的東西，妳不要；他送的東西，妳卻如此歡喜……嘖嘖，很好吃吧？就是不知下面那張小嘴是不是也喜歡吃呢？」

季婉驚慌地回頭看他。

「你要做什麼！」

下一秒，她被壓在長氈上，胡亂踢動的雙腿被闞首歸擒在手中，絲薄的綢褲很快被他拽下，陣陣清脆的鈴聲中，他掀起了她的海棠紅長裙，將修長的玉腿疊壓了下去。

沒了遮擋的腿間微涼，玉溪間顫顫的嫣嫩陰唇上鋪灑著男人的灼息。

季婉氣憤難堪，卻不知闞首歸點了她腰間何處，讓她上半身動彈不得。

桌案上的果籃被他翻倒在地，七零八散地散在了她的身旁。

闞首歸倨傲的眉間透著幾分煞氣，摁著季婉的小腿，隨手撿起一顆明黃色的小蜜果。

比葡萄大不了多少的蜜果渾圓微硬，透著一股香味。

「想吃了?瞧妳這張小嘴一縮一吸的，可惜不曾出水兒，這般生吃可會疼的。」

季婉漲紅了臉，自從這變態上次將簪子插進她的下身，她就知道他什麼都做得出來，一時間急得眼淚掉更快了。

「別!我再也不收他的東西了!你快放開我……」

離開一段時日，闞首歸早就惦念著季婉了，這會兒正好有了褻玩她的藉口，自然不會錯過這個機會。

撚著指尖的蜜果捏了捏，看著略是乾澀的嬌花嫩穴，心中醋意早已化作了亢奮躁動。

「噓……還是快點流些水出來吧，不若我幫幫妳?」

話音將落，他竟俯身湊近她的腿間。

季婉瞪大了眼，大氣尚且未出，便被濕濡的唇舌舔得一陣顫抖，緊闔裹攏的粉唇輕而易舉被舌尖頂開，敏感的細肉直接迎上了他的舔弄。

「啊啊！不要這樣……唔！」

這般直接的刺激讓季婉慌了神，靈活的唇舌輾轉在細小的私密處，一點一點地將乾澀塗抹至濕潤，略是粗糙的舌尖旋頂在窄小的肉眼上時，穴心深處不可抑制地泛起了詭異的灼癢。

自他鼻間裡噴出熱息占據著她的腿間，舌頭擠入緊密的小肉洞時，他用唇含吻著她的陰穴口，方才沐浴過後的女體泛著幽香，舌頭再深入些時，方才嘗到一星半點的甜膩淫味。

他刻意發出舔吸的聲音，勾著漸漸漾起的蜜液用舌頭抽插著她的蜜穴，舌尖的緊縮觸感極為玄妙，層層花褶比肉棒插入時感受到的更細緻。

「唔啊……癢……停下……停啊！」

觸及不到深處的吸吮尤為撩人，不一樣的頂弄讓陰穴肉壁嘗到了新奇的快慰，季婉被他又吸又舔，弄得胯骨緊繃，檀口中的哀婉嬌囀近乎動情。

入骨的瘙癢讓淫水開始氾濫，淫邪的大舌旋弄著蜜洞，也開始堵不住內裡湧上的花汁了，鬮首歸開始大口大口地吞咽起來。

季婉死死咬在了唇間，不讓暢快的呻吟聲溢出。酥麻的痠澀電流沖湧，她怎麼也沒料到男人的舌頭具有如此大魔力，讓她難受發狂。

黏膩的熱流隱隱漫出粉穴口，一波又一波地流向了雪股間，翹高的小屁股難捱地抖動，在闞首歸的唇舌稍稍撤離時，溺在欲海中的季婉才有了片刻喘息。

「別吸了！停下！唔……你塞了什麼！」

被舌頭擴開的肉洞正處於興奮狀態，季婉反應不及，便被闞首歸用蜜果塞進了穴裡。她驚喘著想要擠出那小東西，挺身而起的男人卻直接用手發力一按。

「不要按了……進到裡面了嗚！」

敏感的肉壁不斷擠壓著蜜果，季婉連本能的縮動都不敢，生怕將那東西弄碎在花徑中。她越是緊張難安，闞首歸的手指便插得越深，盯著微硬的小果兒，深入在密密實實的媚肉中。

「夾得太緊了，碎了也無妨，再幫妳挖出來就好。」闞首歸邪笑著用手指刻意刮了刮溫熱的陰壁，俊美的面龐上全是難掩的興致。

季婉忍不住張口喘息，柳眉緊蹙，硬物填堵的穴內癢得不行，那小小的果兒不止不能撫慰，反而讓她渴望起了更巨大的事物。

「你這個卑鄙下流的混蛋！」

嬌紅的玉靨已經透露了她的急迫，闞首歸反而從容不迫地抽出溼淋淋的手指，轉而從地上撿起一顆紅棗來，當著季婉的面兒，將指尖的淫液塗抹在棗上。

「都是妳喜歡的，那便試試這個吧。」

「你是變態嗎！」

熟透的棗外皮殷紅，卡在顫縮的洞眼中，粉色嫩肉反倒被襯得更加誘人了，闞首歸又是輕輕一按，沉入蜜洞的大棗，直接被媚肉吸到了裡面。

陡添的異物撐開了緊致的肉壁，季婉磨動著嬌臀，在花水氾濫的當下便奮力嘗試擠出裡面的果子。

偏偏闞首歸不想如她意，接二連三的挑了不大不小的果子堵塞進去，將整個甬道塞得滿滿。

「吃不下了？後面還有個穴兒呢。」

「你敢！」

季婉被花徑中的果子撐得喘息連連，縮動的嫩肉穴口幾度能瞧著裡面即將擠出的東西。

闞首歸乾脆盤腿坐在地上，將她抱入懷中，柔弱無骨的女兒身姿倚在胸前。

「妳說我敢不敢？」

他毫不猶豫地撥開了兩條秀長的玉腿，撩起落下的絹紗裙襬裹在季婉不能動彈的腰間，只見一顆紅棗就著汩汩蜜液，從肉洞裡擠了出來，隨後掉在了厚實華麗的錦氈上。

「真是的，好不容易塞進去的，就這麼擠出來了。」

「唔！」季婉看得玉容通紅，又氣又怕，恐懼闞首歸當真會動她的後穴，靠在他壯實的胸間不禁顫哭了聲：「那裡真的不可以，我以後不收他的東西便是，你別亂來……唔！」

抱著她的男人過分高大，環擁著窈窕的她，低頭間便能俯視旖旎淫靡的腿間蜜處，一手探弄在濕透的花縫間，一手隔著衣物揉捏她的纖腰，起伏的曲線完美極了。

「知道錯了？不往後面塞也可以，自己將前面的東西擠出來吧。」

修長的手指輕輕搓揉著小陰蒂，懷裡的季婉便是一陣輕顫，異物撐滿花徑，早已塞得膣肉生媚、酥癢乍起，緊咬的嫣紅唇裡逸出了誘人輕吟。

「我……我不會……」

明知他有意折辱她，季婉卻無可奈何。

他越發肆意地褻玩挑逗，讓漸起的快感侵襲她的身體，一指擠入穴口按動不知何數的果兒，抵得季婉眼淚都出來了，仰著雪頸慌亂不堪的嬌喘，美目間的憤恨已快消散。

「不會？」闞首歸沉沉一笑：「妳不自己弄出來，我可就這麼幹妳了。」

聞言，季婉狼狽氣惱地將頭扭到了另一邊。燥熱淫膩的空氣中，長指攪動在前壁，黏膩的淫水聲讓她頰畔的紅暈越顯誘人。

被水果充滿的羞人感越來越清晰，加之手指的刻意挑逗，甬道裡的灼人瘙癢一波波地外溢。

季婉慌亂地顫慄，臀後抵上來的粗大粗碩，讓她更加亂了神。

一室華光絕倫，灼灼淫息充斥著鬱鬱香涎。

濕潤如澤的內道緊密，長指推扣著最前面的果子，生生將深處的蜜果壓在了花心上，敏感萬分的柔嫩軟肉本能地縮了縮，難以言喻的舒爽讓季婉嬌哼出聲。

「不要……不要摳了，快弄出來……唔嗯嗯～」

白皙的脖頸優美難耐地高仰，如受蠱惑的男人低頭去嘗，溫涼如玉的潤，薄嫩馨香的甜，舌頭掠過搏動的血脈，他清楚地感受著她的壓抑和顫慄。

「阿婉？婉兒？妳喜歡我如何喚妳？」

季婉被他舔得難受不已，奈何腰間僵直不能動，入了心的癢如蟲噬般，眼前的明亮在扭曲，最是華麗的珠寶穹頂也紛亂了。

「隨你……我好難受，你別舔了，呀！」

侵入蜜洞裡的手指相當邪惡，曲起指腹頂弄媚肉，摳著一顆蜜果便撚出了溢水膣道，抬起那滿手的水澤，闞首歸勾了勾唇，竟然直接將滴著淫液的果兒放入了口中。

咀嚼幾許，還不知恥地發出了滿足低吟，控著季婉纖細的腰肢說道：「怪不得妳喜歡呢，味道確實不一般，真甜。」

他話裡話外全是戲謔，季婉羞得想死的心都有了，抬眸看著他，緊咬的貝齒不禁鬆懈：「你簡直無藥可救了！死變態！」

俊美的男人不甚在意她的怒視，喉頭滾動間，還回味不已地舔了舔唇角的殘液，妖異的弧度散發著邪氣。

「怎麼，我吃了妳不高興?可都是妳的味道呢。」大掌罩在陰戶上揉了揉，季婉便呼吸不暢地急促喘息起來。

少了兩顆果子填塞的內道有了片刻鬆懈，可緊縮的幽洞依舊不適，她也分不清他究竟塞了多少進去，如此一揉，花徑裡的果兒便擠來擠去刺激著嫩肉。

「別揉!」她情不自禁地顫抖。

闞首歸卻不豫地挑眉：「不讓我摳，不讓我舔，不讓我揉，如此就只能弄妳了。」

季婉被他嚇得一個緊張失神，縮擠的肉壁便將一顆蜜果夾碎在了陰道裡，她愕然地抓住了闞首歸的手臂：「碎、碎了……」

麥色的強壯臂彎間，如水蔥的玉指雪白，緊抓住她能握緊的東西，聲音裡洩了慌亂。

闞首歸卻抱著她笑了，目光落在朝上的玉溪花縠間，夾碎的蜜果雖不見蹤影，可是順著情液而出的果汁，嫣紅的奪目晃眼，讓人遐想連篇。

「碎便碎了，等會兒幫你搗的更碎些。」

「不要!」

季婉柳眉緊蹙，修剪齊整的指甲抓得闞首歸手臂生疼，他卻格外喜歡這樣的疼，足以刺激他的亢奮和欲望，挺在小屁股後面的大肉棒更挺了。

「我要妳。」

他罩住了她胸前的瑩軟，狠狠一捏。

第十九章

男人骨子裡就有暴戾因子，而嬌軟誘人的季婉更加深了他內心的躁動，是她誘得他化身為獸，亦是她讓他開始沉淪肉欲，更是她讓他擁有了不一樣的情感。

「啊！你混蛋！還沒有掏出來啊！」

季婉被闞首歸推到了錦繡長氈上，透紅的臉頰壓在短絨中，爬俯著不能動彈，可下半身依舊在他懷中，甚至張開的淫濡蜜口就對著他的昂揚。

揉了揉兩團沾滿熱液的嫩臀，闞首歸笑意邪肆，落在面龐上的卷髮微動，情欲充斥的狼目已是綠光幽幽，手指點在季婉的腰間，還了她的自由。

腰下方能動了，季婉本能地想爬開，可是早已預料的男人一手扣著她的腰，一手握住她的左腿，直接將她扯回了胯間去，不由分說將粉白的小屁股打得啪啪作響。

「別亂跑，扭得這麼淫蕩，只會讓我更想要妳。」

「唔！」羞恥的拍打震得甬道裡的果子亂擠，季婉氣紅了眼，到口的怒罵都被急亂了，踢動的腳兒鈴聲紛紛，在闞首歸兩指插入蜜洞時，才乖巧了些許。

一連掏出三顆紅棗來，他皆是放到了她的眼前，淫水浸裹的紅果水亮，很快就弄濕了地上的昂貴短絨。

季婉強忍著酥麻由他手指肆意摳挖，輕吟嬌哼之際，卡在花心裡的蜜果卻是怎麼也弄不出來，她還急著如何是好，身後的男人直接罷了手，撩起袍裾，圓碩的炙硬彈頂而上。

「裡面還有！」

巨大的肉頭卻已經長驅直入了，分開繃緊的花唇，慢慢深入。

「搗碎了自然會出來。」

肉褶被激烈地頂開，季婉抓緊了地上的長氈擰眉嗚咽，肆無忌憚地侵入、契合，粗壯滾燙的梆硬，帶著一絲絲生疼，又刮起了內壁的股股痠癢。

「呃……慢、慢點啊……」嬌息細弱，顯然正承受著難以抵禦的巨物。

闞首歸一邊沉腰，一邊掐著季婉往胯間按，溫熱嬌嫩的緊窄讓他全神貫注，進入小半時，又強忍著撤退，帶出些許蜜液抹在泛紅的穴口，復插入，樂此不疲地開拓著她的嬌穴。

每一次的抽動，都會讓他更深一寸地進入她，淫膩不堪的洞兒早被果子塞得發癢，嫩肉裹附肉棒之上，吞吐著旋起的猙猛青筋，快感強烈地讓人發狂。

「唔，幾日不入，倒是越發緊致了。」

那是天生媚骨才有的極樂，緊致又不失軟嫩，縮緊卻又適合他的深插，他們簡直是天造地設。

「啊！」

粗大異常的肉棒狠狠一撞，卡在花心的蜜果直接碎了，季婉猝不及防被他胯下的力度頂得往前傾去，驚呼間強烈至極的刺激，說不住的酥麻欲醉。

填塞著穴心瘙癢的地方由蜜果變成龜頭，後者顯然更駭人快慰，夾吸之下，暢通玉體的充足讓人暈眩。

也不等她緩和這一刻的填充，身後的操幹就如狂風驟雨般襲擊而來，連番的撞擊不絕，震去了季婉殘存的理智。

「呃呃呃！啊啊！」

聲聲吟喔隨著他的速度而變，胯骨狠撞著纖細的腿心，便是一陣肉體碰撞的聲音。早已濕潤的幽洞越發濕了，肉棒搗弄著花徑果肉，直將熟透的果兒碾壓成汁，混入蜜液。

深入的交合火熱，堅硬如鐵操動著軟嫩嬌小，粗暴卻又更好地詮釋了他的興奮和情愫。

闞首歸嘗到了眷念多時的美妙，俯下身去壓在季婉身上，薄唇親吻著她的臉頰雪頸，大手也漸漸地覆上了雪白的手背，握緊她，接著便是更加大力地穿刺著。

「啊啊！求求你……太快了……」

趴在地上的季婉幾乎呼吸頓止，豔麗的胴體在他身下輕顫，淫水飛濺的蜜穴被巨棒插得花肉翻開。

直搗黃龍的猛烈衝刺，刺激著肉欲快感，她越是哭得厲害，他壓著她進得越深。

「說，舒不舒服？」

凌亂的秀鬟香汗浸透，嬌靨緋紅的季婉被撞得頭暈眼花，玉溪深處火熱淫癢，混亂中只能斷斷續續地哭喊著：「舒……舒服……你放過我吧……啊啊！」

反覆地抽動摩擦，窄小的花徑根本無法抵禦，欲火狂升，在粗碩巨大的連番頂入下，媚肉不由自主地夾緊吸縮，享受著它帶來的蝕骨快感和歡樂。

「唔啊啊……嗚！真的不行了……」

波濤洶湧的刺激衝擊，斷斷續續的嬌啼呻吟已是哀婉難耐。

肉冠帶著內壁外扯，又是狠狠而入，闞首歸只對著她的軟處頂，趁著玉體律動，他便抓緊時機的往宮口上操，淫滑濕濡的膣肉已是由著他碾弄。

「不會放過妳的，現在、以後都不會……好好受著！」

火熱在花心上重重一觸，纖弱嬌軟的季婉猶如過電般輕顫，迷亂地抓緊了地上的錦氈。

「嗚嗚！」

肉棒刮著淫水從膣道外退時，粉白的小屁股都隨之提了起來。

腹下一股劇烈痠脹，臀後的撞擊讓季婉意識凌亂，男人強悍的衝刺可怕極了，令她不得不隨他陷入肉欲的快感，放聲淫呼，高亢浪叫。

「呃呃呃！」

粗碩擴充的極度酥麻傳遍周身，不停歇地抽出、頂入，深到了最是暢快的媚肉裡，極致的填充摩擦，淫膩汁水自內壁四濺在穴口。

沉淪情欲的男人極盡所能地貼合著身下的嬌軀，他甚至不滿足地撕碎了她身上的衣物，親吻著她白皙如玉的後背，胯部沉壓在她的豐臀上狠撞，占有欲十足地在她身上留下一切屬於他的痕跡。

花穴幽幽炙熱，膣肉濕滑淫嫩的顫縮，男女交合已達極樂之巔。

嬌嫩的肉壁失常地裹吸巨棒，陣陣淫濡深頂，強烈的刺激讓慘遭禁錮的季婉尖聲哭喊起來：「啊啊！要壞了！不能進了！啊啊啊……不要不要！」

越發狂亂的肏入昭示著男人的野性，他死死地壓制著她，不給她半分動彈的機會，胯部將她身下撞得閉合不攏，唇齒間依舊流連著她越發泛粉的雪膚，透骨的快感讓他發狠。

「嗚嗚嗚！好深……要……死了！呃呃！」

快速摩擦的生理反應讓季婉應接不暇，本能地失聲大哭，緊縮的花肉敏感至極，碩大的龜頭操得深處水響不斷。

緊窄的內壁即將洩出，吸得闕首歸低吼出聲，抵著水嫩的肉壁一遍遍地往更深的地方操，絲毫不顧季婉的尖叫，蠻橫地撞開了宮口。

貫穿她！射滿她！

「嗚啊啊！」季婉的哭喊聲在最後的百來下狂猛肏擊中戛然而止。

她顫抖著玉體癱軟在他強壯的身軀下，微闔的殷紅唇瓣急促地喘出弱弱的輕吟，大腦一片混沌。

卡入宮頸的男性陽具精關大開，滾滾噴湧的濁液充斥在少女體內，很快便蔓延在足以讓她受孕的各個角落。

淋漓盡致的暢快讓闞首歸一時半會都不想退出，一邊射精，一邊感受著媚肉的排斥擠壓，濕嫩的觸感裹滿了肉棒，在高潮爆發之餘，依舊帶來不少快感。

「我喜歡妳被插哭的樣子。阿婉，繼續吧。」

少了一分冷厲、多了情欲嘶啞的聲音沉沉低醇，他舔著她緋紅頰畔上的香汗和淚水，連唇角無意識流淌的口涎也一併吮入口中，察覺身下的女體顫巍巍地發抖，他笑出了聲，緩緩說著。

「膽子這麼小，連弄妳都害怕？那以後就聽話些，否則我會一直連在妳的穴裡，幹得妳哭都哭不出來。」

像是為了印證他的話，契連在內穴的粗壯肉棒動了動，卡在宮口的龜頭震得季婉一陣輕顫，小屁股隨著他的抬起也被扯了上去，再挺入跌倒地間時，蠕動的穴肉泌出了更多淫液。

「唔……」

了。

終究，他還是放過了她。

抱起半昏厥的季婉把人放回了榻間，將身下的濕濘狼藉清理一番後，便擁著她共枕入眠

花影婆娑，華麗中庭裡錦繡堆砌，瓜果瓊漿，胡歌豔舞好不繁鬧，季婉輕抿著杯中的葡萄酒，後背稍稍抽痛，身邊的闞首歸正與高昌王說著下城的軍事。

這是季婉第一次見到高昌王闞伯周——聯合柔然一手建立高昌國的男人已近天命之年，看似儒雅的眉目間帶著淡淡的冷峻，倒與闞首歸極為相似。戴著沉重王冠的闞伯周極少露出笑意，有著讓人震懾的不怒自威，被他目光掃過時，季婉隱隱覺得脊間生涼。

「車師前部屯兵如何，吾兒自當清楚，務必早日攻下。」

「是。」闞首歸冷冷應下，端起金樽上敬時，側身擋住了身後的季婉，看著上首飲酒的父王，綠瞳中凶光威威。

季婉這才鬆了口氣。

從入席時她就覺得高昌王看自己的眼神怪怪的，以她遲鈍的程度能發現，想必闞首歸自然也發現了，連帶上面的阿卓哈拉王妃也隱隱變了神色。

「阿努斯此去下城辛勞，不日又要去車師，軍國大事我是管不得了，只盼你平平安安。

依我看，不若早些將婚事定下，待攻下車師凱旋，就與阿婉成禮，王覺得如何？」大王妃端坐高昌王身側，高貴和藹地笑道。

季婉微驚，抬眼看向上面王與王妃，一個是暗暗探究，一個卻是沉穩不語，氣氛陡然變得奇怪起來。

回眸之際，正巧又對上了照面的闞義成，溫潤少年斂了笑意，看似柔和黯傷的面容下，藏著不易察覺的陰冷。

「痛！」

腕間劇痛迅速拉回了她所有思緒，低頭看了看闞首歸捏著自己的手，季婉疼得瞪了瞪他。

豈料這廝根本不為所動，乾脆當著眾人的面，攬住了她的纖腰。

「父王，阿婉便是我要等的天女。」

季婉被他摟得重心不穩，整個人倚在了他懷中，紛亂之際，忽然想起了不久前萊麗說過的話——去歲時王要為大王子指婚，大王子卻說在等心中的天女……

第二十章

胡鼓琴瑟之音依然，翩然起舞的少女們婀娜如蝶，一雙雙玉臂在花蔭下隨著音樂變換著舞姿，輕然飄忽的風姿分外好看。

可惜，此時在場的幾人無心再賞。

闞首歸話音落下久久，都不曾得到闞伯周的回應，阿卓哈拉王妃雍容的面上最後優雅的笑意消失了，五指一鬆，手中的金樽恍若不小心地砸在案上，甘甜的葡萄佳釀傾流而出。

看似被柔媚舞蹈所吸引的高昌王，終是沉靜移開了視線，側首看了看失態的大王妃，目光凜冽而銳利，說道：「王妃有恙，今日到此結束吧。」

王駕率先離開，原是繁鬧的場上登時少了一半的人，闞義成也隨了父王離去，剩下季婉幾人在席間，闞平昌當下就將手中的繡面骨扇憤然扔到地上。

「父王這是何意！」

闞首歸依然握著季婉的手，倨傲的眉間並無太多神情，似乎是早已預到，諷刺笑意延上了唇角，漫不經心地飲盡了杯中美酒。

「阿努斯。」阿卓哈拉喚了一聲。

季婉一直沉默，聽著闞首歸用柔然話和王妃說著什麼，心中也分不清是個什麼感覺，在聽見王妃提議成親的那一刻，她是緊張的，本能的是不願，闞伯周的態度讓她鬆了口氣，可想起方才高昌王離去時看她的那一眼，她便有些不安。

也不知闞首歸說了什麼，尚且憂慮不已的大王妃漸漸有了笑意，不過終歸有幾分意難平，刻意換了漢話：「難得見你如此在意一人，我便是拚盡了所有，也會讓阿婉名正言順地站在你身邊。」

「多謝大母妃。」

闞首歸輕輕摩挲著掌中柔荑，細膩的滑潤讓他側首，卻見季婉低垂著頭，不知在想什麼。碧眸一黯，縈繞在唇齒間的如絲佳釀竟然有些苦澀入心。

就如此不願意嫁給他嗎？

「當下征伐車師最為重要。今日之事，我唯恐他會更改主意，兵權之主不可易，你切記做好準備，阿成如今也大了……」大王妃嘆息了一聲，最後的話卻是意味深長，掩不盡的厭惡。

闞首歸應下，俊美容顏比夜色還要深沉幾分。

回去的路有些遠，闞首歸卻撤去了侍衛，棄了華撵，帶著季婉走在寂靜奢靡的遊廊宮道上。

行至高臺時，他停了下來，放眼看著繁昌的王庭，神色不明的忽然說了這麼一句話。

「還在想著怎麼殺了我嗎？」

「啊？」

一頭霧水的季婉被他緊握手腕掙脫不得，抿了抿緋色的嘴唇，思忖須臾後赧然道：

「是。」

被強行占有時的絕望到如今都不曾消弭，季婉是恨闞首歸的，可是她卻又明白，想殺死他並不是她能辦到的事。

糾結、徘徊、無助，一次又一次地被他占有。

她甚至懷疑時間會讓她忍不住臣服，內心恐慌起來。

「很多人都想殺了我，包括我的母親，她在去世前還掐著我的脖子，最後卻放棄了。」

他突兀地冷笑出聲，令季婉心頭發緊，平淡清冷的話語間，是她無法想像的場景，猶記得他上一次說起母親時的涼薄陰惻，原來……

「她告訴我，想要的東西一定要得到，認定了就不能放手。哪怕是毀了，也要刻上我的名字，人也亦然。」

季婉輕微地顫抖了下，退了兩步，就被闞首歸攬入懷中。他伸出一隻手，輕輕貼上她的臉頰，狼目間的狠厲異常。

「晚些時間送妳一份禮物吧，現在陪我走一走。」

他忽然一笑，昳麗妖異讓季婉失了神。

闞首歸帶著季婉走了很多地方，每到一處就會給她講一講幼時之事，今日的他奇怪極了，一反常態地溫柔，牽著季婉如同熱戀中的情侶般。

「那年我從這裡翻過去折了腳，巴菲雅從洞裡鑽過來哭得好吵……現在看來，這牆真矮。」一生了雜草的牆如今只及他胸前。

看著眼前冷厲的男子，季婉實在難以想像年幼的闞首歸有多麼頑劣，新奇地眨著眼，指了指牆外的大樹，上面粉花簇簇，散著一股近似桂花的香息。

「那是什麼樹？」

「萍籬，過些時日便要花落結果了，待入秋後才能吃。巴菲雅小時候很喜歡，我若不摘給她，她便會哭鬧不停。」

季婉側眸，看著笑意蘊染的闞首歸，說起闞平昌時他的神情柔柔，遠比高冷倨傲時看起來更近人情。她不禁腹誹，根本分不清哪個是真實的他。

忽然，闞首歸長臂撐在矮牆上一躍，峻拔高大的身姿就跳到了牆外，看著已然呆傻的季婉，隔著牆揉了揉她的腦袋。

「踩著那邊的石頭上來，我接住妳。」

這堵牆對季婉而言還是有些高度的，她躊躇著看了看腳邊的石臺，糾結著到底要不要爬上牆……

「快些過來。」

闞首歸冷洌一喚，季婉只得認命地踩著石臺往上爬。

她已經好多年沒做過這樣的事了，小心之餘還有些新奇，玉手扒拉著牆頭，穿著絲緞繡履的腳站了上去，牆外的闞首歸朝她張開了雙臂。

穿著赤黑胡服的男人極為高大，寬闊的臂彎看似十分安全，他一直微仰著頭含笑看她，和第一次見面時殺氣騰騰的陰冷不同。

這一瞬間，她似乎從他的眼裡看到了柔情。

烈陽下的熱風彷彿都夾雜了黃沙，乾燥得讓季婉心慌，裙紗飛動間，她閉著眼朝牆外跳了去。

「唔！」戴著寶石額鏈的光潔額頭猝不及防撞在了男人健壯的胸膛上，她吃疼地驚呼一聲，腰間驟然一緊，便被闞首歸抱著大步離開牆邊。

季婉一直閉著眼，耳邊是男人強有力搏動的心臟，靜極了，她能聽見的都是他的聲音，沒有霸道的逼迫，沒有邪肆的褻玩，這一刻大概是他們最平靜的一瞬間。

「為什麼閉著眼？」

被放到地上時，季婉才慢慢地睜開了疲澀的眼，一抬頭，便是那顆繁花正茂的萍籬樹。

闞首歸就著她身旁餘下的空處坐了下來，肩並著肩，將方才折的一枝花遞給了她。

「同我說說妳以前的事吧。」

在季婉接花的時候，堅實粗糙的手掌覆蓋住纖細的手腕，闞首歸正興致濃濃地打量著她，那眼神著實讓她吃不消。

實在沒辦法，便挑了些不鹹不淡地講給他聽。

良久，季婉說的口都乾了，一回頭，才發現闞首歸已經倚著樹幹睡著了，陽光透過樹蔭流淌在他異常白皙深邃的面龐上，肅然冷厲的妖異輪廓淡去戾氣，讓她心頭不禁怦怦直跳。

低頭看看手中的花，她皺了皺眉，終是忍住沒扔掉，扯了扯蓋過腳踝的長裙，貓著腰準備悄無聲息地離開。

忽然，一隻長臂勒住了她的腰，稍稍一拽，她整個人後仰而去，摔進他的懷中。

「啊！你裝睡！」

闞首歸淡淡地勾唇：「我何時說睡了？」

季婉掙扎著要起身，他偏不如她的意，用手捏著她細長的後頸，低頭便壓上了她殷紅的花唇，濃烈的愛撫親吻啟開了她牙關，濕濡的舌橫掃在檀口，纏纏綿綿堵住了她的嚶嚀低吟。

「唔……」

天旋地轉，氣息弱了，手也軟了，她甚至還來不及掙扎，便溺在了這個火熱異常的吻中，她的眼睛漸漸失去了焦距，失神地蜷縮在他懷間，懵懵懂懂地由著他挑逗吸吮。

瀉在臂間的長長髮絲在地上浮動，如潺潺流水般烏黑亮麗，當男人的手掌扣上去時，近乎粗暴地展示著力量……

就在闕首歸將手碰上她的裙子時，季婉回過神來，一把推開他，逃離了現場。

她一路跑回了住處，燒紅的臉浸滿熱汗，卻也不及唇齒交繞時心底的那股子火熱。

「瘋了瘋了……」

她捂著臉蹲在地上，今天不論是闕首歸還是她，或是那個吻，都太不正常了！

用過晚膳，就見萊麗抱著一個漆金嵌八寶的小箱子前來，頗是吃力，季婉連忙起身和她一同抬。

「這是何物？」

東西擱在地上時，沉得季婉差點閃了腰，撥了撥並未上鎖的如意釦，抬眸看向萊麗疑問道。

萊麗喘著氣，擦了擦額上的汗，弱弱回道：「是、是大王子送給娘子的禮物……」

「禮物？」季婉想起了白日闕首歸說過的話，冷哼一聲。

他能安好心？她咬著手指，考慮到底要不要打開。

「娘子還是打開看看吧，挺沉的，許是什麼寶石首飾，畢竟是大王子的一番心意。」萊麗跟著蹲了下來，生怕季婉不打開。

素白的手指撥著鎏金的如意釦一抬，季婉是愣了又愣，在看清裡面的東西後，臉色變了又變。

「拿走拿走！」

「可是大王子說……」

「立刻拿走！」季婉氣得不行。

箱子很快被拖走了，卻不是被抬出去，反而被幾個侍女抬進了她的寢殿裡，據說是奉了闞首歸的命令，要她務必收好。

一想到那金光閃閃的鏈子和鎖人用的環釦，季婉又氣又怕地做了一夜惡夢。

夢裡便是被他用那條金鏈子鎖起來，關在黑屋裡折磨了好久好久……

第二十一章

「婉姐姐，妳沒事吧？」闞平昌放下了手中的白蓮纏枝玉盞，五味子的茶湯撒了不少，她卻只顧著看季婉，「可是病了？」

季婉隨著坐下，纖長的素指推開茶壺，墊著手肘撐著下顎，無力地笑了笑：「沒事，就是夜裡沒睡好。」

「沒睡好？可是我怎麼聽說昨夜大王兄是宿在東殿……」

聽似無意的話，卻是大有文章，季婉沒好氣地戳了戳她的額頭，吃疼的闞平昌笑得好不豫悅，順勢抓住季婉的手央求著。

「好了，姐姐快起來，我們去南宮那邊走走，侍女說那邊的木香花開得可美了。」

季婉只能隨了她，出門前特意戴了頭紗，珍珠嵌邊的鮫綃足以遮住穿著暴露的上半身，還能防曬。

瞧得闞平昌忍不住捏了捏她嬌白的手臂。

「可真白，大王兄有福了。」

「妳再亂說——」

「啊！我錯了錯了！哈哈……」

有了闞平昌，季婉壓抑一晚的心也放鬆了不少，兩人嬉鬧至南宮。

高昌王也是極重享受之人，宮殿奢華，自然也少不了風花雪月的美處，南宮大面積種植奇花異草，在沙漠裡也算是不易。

木香花藤蔓生長得極快，攀上宮牆蔓延無邊，簇簇白花繁盛，濃郁的花香格外沁心。

闞平昌著人擺了茶案，想與季婉品茶，可惜剛坐下，侍女便來傳了大王妃的話。

「真不巧，那我先去母妃那裡，婉姐姐等等我，很快就回來。」

闞平昌一走，季婉頓生無趣，倚著花叢飲茶不知不覺便困乏了，眼皮沉得厲害，連手中的茶盞掉在地上都不曾察覺，枕著盛妍的鮮花昏昏睡去。

叮鈴鈴……

極淺的悅耳鈴聲縈繞在耳際，擾得季婉悠悠轉醒，尚且閉著眼睛，只覺腳踝處有什麼溫熱的東西滑過，一下又一下，濕濕膩膩地勾動腳鏈。

「唔？」她惺忪地輕嗚了一聲，本能地想抽回腳，卻被一股力量擒住，那濕滑的觸感更加肆意地往小腿上蔓延而來。

這樣的感覺，季婉很熟悉……

濃郁的花香闖入了陌生人的氣息，而那股氣息近在咫尺，危險地籠罩了她！

季婉倉皇地睜開眼，看著握住自己腳的男人，因為酣睡而透上頰畔的嬌粉緋紅瞬間褪去，小臉慘白得如薄紙般，秀美的眸圓瞪欲裂，寫滿了驚恐。

闞伯周倒是毫不意外，握著季婉因為恐懼憤怒而顫抖的纖細腳踝，又用舌頭舔了舔那嫩白的玉膚，多少年不曾見過如此嬌嫩如花的美人兒了，手中力道都帶了幾分粗暴。

嚇懵的季婉連話都說不出來，仰躺在花叢裡，震驚至極之下便是洶洶憤怒和噁心，下意識地尖聲呼喊起來。

「來人啊！萊麗！」

任由她撕心裂肺地叫喚，寂靜的花園裡也不曾出現第三個人。闞伯周把玩著手中脫去絲履的蓮足，如珠玉潤白的腳趾美極，忍不住笑了笑。

「聽聞阿努斯是在沙漠裡撿到妳的？」

穿著華麗王袍的高昌王正值壯年，他有著和闞首歸極為相似的高冷漠然，一雙棕瞳飽含情欲地看著季婉，哪怕提到闞首歸，也沒有移開視線半分。

季婉哪會答他，昨日宴中她便察覺到闞伯周看她的目光不對，如何也沒料到，他竟會做出這種事！

「放開我！我、我是闞首歸要娶的女人！」她急得手心裡都是冷汗，掙扎著從花間爬起，卻怎麼也掙脫不了腳間的束縛。

「那又如何？我是高昌王，就算阿努斯已經娶了妳，他也不能阻止我。」

被他循著腳踝摸上小腿，季婉噁心得想吐，也顧不上王不王的，顫抖著手拿起桌上的玉壺朝他面門狠狠擲去，在闞伯周反手去抵擋的瞬間，迅速起身就跑。

這個能一手建立王國的男人怎會是等閒之輩，輕而易舉地抓住了她，再將她甩進鮮美的花叢裡，雪白的花瓣紛飛間，纖細婀娜的少女已然成了他唾手可得的獵物。

「救命啊！救命！」

季婉驚慌地叫喊著，陷入花叢的手腳被困住了，眼看著闞伯周一步步走近，這個比她父親還年長的男人，即將摧毀她。

「闞首歸！闞首歸！」無論她喊得多大聲，也無人來應。

豔陽明媚的天空下，叢叢簇簇的木香花被無情碾壓著，男人沉重的軀體壓得她幾近窒息，精美的絲綢軟緞在空氣中被暴力撕碎，冰肌玉骨上凌虐的痕跡越來越多……

「像極了，她以前也是這樣在我的身下尖叫，妳比她更美……對，就是這樣的眼神，全都是恨，真像呢……」

捧著季婉沾滿淚水的慘白臉龐，闞伯周透過這並無多少相似處的玉容，找尋到了多年眷念的味道。

他發狂地親吻著她，嘴裡卻喚著另一個女人的名字。

「珊兒……珊兒……」

季婉咬緊了牙關，用手捶打著近乎瘋狂的男人，身上的疼、心中的懼……讓她漸漸絕望。

「父王。」

破空而出的聲音，讓花叢中的動作得到了靜止。

季婉呆怔地坐在地上，長長的睫毛微微地顫動，失了焦距的眼睛空洞無神，豆大的淚珠不住地滑落眼眶。

闞伯周一走，闞義成急忙脫了外衫，匆匆裹住她半裸的身子。

「別怕，有沒有傷到哪裡？」

他乾脆跪在殘亂的花叢間，將季婉攬入懷中，極力想要安慰她，奈何見到了方才的那一幕，再是脾性溫和的他，也有了沖天的怒意。

冰冷的手指緊握住了闞義成的手，季婉將頭深深埋在他的臂彎中，壓抑地顫抖著，一邊用手背胡亂擦拭著眼淚，清音哽咽：「謝謝你。」

闞義成緊繃著神色，攏了攏披在季婉肩頭的外衫，將雪頸間的紅痕遮蔽嚴實，她的纖弱、她的害怕，無一不刺激著他的心……

「沒事了……沒事了……」

季婉很努力讓自己鎮靜下來了，她的膽子向來很小，被闞首歸強占之時，已然崩潰了一次，今日又差點被他父王侵犯，她是真的怕，怕得渾身發抖，怕得想要放聲尖叫。

幸好，闞義成即時出現。

「謝謝你……謝謝你……」她一遍遍重複著，顫慄的聲音軟得無助，卻又意外地有一分堅強。

闞義成緊抱著她，以指腹替她輕拭著頰畔的淚水，清朗的眸間又是憐惜又是說不得的情愫。

「阿婉別怕，我知道妳一直都想回家，相信我，用不了多久，我一定會送妳離開，沒有人能再傷害妳了。」

少年的許諾如此令人安心，季婉卻依然哭得一塌糊塗，好不容易忍回去的眼淚，這次再也收不住了，急得闞義成手足無措，臉都白了。

「妳別哭。」

闞首歸來時，闞義成正將季婉從凌亂的花叢裡牽出來，抱起她正準備離開，轉身卻看見疾步而來的他。

「王兄。」

無視闞義成頗為怨恨的聲音，闞首歸大步走上前，長臂一伸就將季婉抱入了自己懷中。

重心轉移的瞬間，季婉倉皇地抓緊了他的衣襟，金絲線遊走的暗紋沉入墨黑的錦袍，恍惚間，她又聞到了血的味道。

他殺人了？

季婉抬眸看了他一眼，闞首歸只環住了她的腰，掃了眼她身上披著的外衫，再也無話，抱著她轉身便走。

闞義成憤然地想上前攔阻，季婉卻朝他搖了搖頭，阻止了他。

跨出花苑後，兩人都不曾說話，闞首歸沉著臉色大步疾走，因為太近了，她甚至能聽見他呼吸中的微微紊亂。

「對不起。」

季婉愕然不已，以為是耳朵出了毛病。

方才確實是闞首歸的聲音，她驚詫地望著他，那雙碧綠的眼瞳也正好看向她，森冷懾人，橫在她腰間後背的雙臂卻輕柔得出奇。

回到寢宮放下季婉，闞首歸親自端了一盆水來，擰了一條潔淨的帕子，替她擦拭著臉上的淚痕，看著那雙紅腫的大眼，他微微皺眉。

「不會再有下次了。」

一番清理後，季婉才平復了呼吸，看著單膝跪在腳邊的闞首歸，在他伸手想要拿開她身上的外衫時，側身躲開了。她知道此時的自己有多狼狽，這單薄的外衫下又是怎樣的痕跡，她下意識地不想讓任何人看見，包括闞首歸。

「害怕？」他移開了手，輕撫著她的臉頰，褪了血色的肌膚白得如雪透明。

季婉怯怯地點了點頭，垂下瘦澀的眸，沙啞地出聲：「那個時候是滿怕的，幸好阿成來了。」

從她感慨的話音裡，不難聽出那人在她心中的重要性了。

闞首歸握住了季婉依舊冰涼的手，骨節分明的白皙長指將她散亂的長髮攏了攏，半捧著她微涼的臉，沉聲道：「我發現妳是真的笨，以後離他遠一點。」

「……」

「要聽話，不然妳一定會後悔。」

隔日，闞平昌前來探望，邊哭邊抱著季婉百般認錯。那淒然難受的模樣急得季婉直說：「別哭了，我這不是沒事嗎？」

「嗚嗚……我若是不走開，就不會發生那種事了。王兄那麼愛妳，若是妳出了半分差錯，我怎麼對得起他！嗚嗚……」

季婉無奈，就如闞伯周所言，他是高昌的王，沒有人能阻止他。就算昨日闞平昌沒走，她也躲不掉的，總會有落單的時候，也總會有被抓住的時機。

第二十二章

車師前部所處乃是高昌要塞，幾年來一直不曾平定，連連燃起戰火，年初時闞首歸才掌握了車師前部的軍事布防，如今已是調兵譴將的關鍵時刻，高昌王卻將指揮權交給了少現於人前的二王子闞義成。

近年來高昌王都將重任賦予長子，王公貴族重臣更是將大王子如王儲敬畏。本是要在此戰勝利後，請封闞首歸儲君之位，此時冒出個闞義成，軍國之事即將大變。

季婉的消息大多來自闞平昌，饒是再不懂政治的她，也知道此戰對闞首歸意味著什麼，一旦闞義成得到兵權，兩人便是勢均力敵。

「不、不要了……唔……」

華燈初上，一室旖旎靡麗，半垂落的鮫綃帷幔遮住了床上交纏的人影。

季婉嬌促地喘息著，赤如溫玉的身子剛想要蜷縮起來，卻又被男人用蠻力強行展開。不久前的激烈性愛，在她身上留下了斑斑痕跡，充斥著欲望和瘋狂。

大掌帶著淺淺的力度輕柔地撫摸著每寸肌膚，並將噴灑在她渾圓雙乳間的濁液塗抹在殷紅的小乳頭上，餘下的悉數勾在長指間，餵進了季婉極需新鮮空氣的檀口中，她浸滿清淚的迷離樣令闞首歸失神。

「好吃嗎？」情欲未退的低音充滿了磁性，強制地勾弄著濕漉漉的小粉舌，略是粗糙的大手又緩緩地探入了她腿間。

撞至紅腫的桃唇敏感萬分，指尖的揉弄撥動，無不刺激著盤旋的高潮餘韻。季婉迷濛地睜著眼，胸口不住地起伏，被男人手指抵住的喉嚨從深處逸出弱弱的壓抑呻吟。

「嗯……嗚嗚……」

微微張開的嘴被他用手指插得滿滿，緩緩抽動間，似是在用胯下之物操弄褻玩，豐沛的口涎裡摻雜了他的口液和精水，霸道如闞首歸，硬是抬著季婉嬌潤的下顎，逼迫她一絲一縷都要飲入腹中。

季婉顫著纖弱的肩，一身冰肌雪骨泛著誘人的粉，處處滑嫩滾燙，不過都不及闞首歸手指探入的地方。方才被碩物開闊過的花徑，又恢復了如常的緊致，嬌軟細嫩的媚肉，絞縮著長指，吸得發出了「啵啵」般的水聲。

「乖，又想要了吧?求我插進去。」

沒了政務軍事繁忙，闞首歸有的是時間和季婉纏綿，白日帶著她看遍王庭，夜晚便壓著她享受肉欲巔峰。

她是那般地嬌弱動人，一個輕吟、一個低喘、一個顫泣，都足以讓他心中狂獸叫囂，不管再多次的索取、占有，似乎都得不到滿足。

淫靡的穴口沾染了白沫，那是狂插猛操後才會有的痕跡，兩指深陷嫣紅嫩肉裡，抽動間溫熱汁水止不住地從裡面溢出，打濕了身下凌亂的錦褥。

烏發散滿床頭，情欲浸染的季婉說不出的嫵媚，抗拒不了內道漸湧的痠癢，她抖著腿，軟軟地哭著，玉白的手緊緊抓著闞首歸的手臂，難捱地婉轉呻吟，依舊有股青澀的單純。

「呃呃……拔出去……真的不可以了……」

雲鬢間的熱汗不及玉體上的薄薄水痕，穴裡的攪動越發厲害，褪不去的燥熱令她不自覺地扭動纖腰，迎合他的手指，讓花心深處釋出的酥麻，歡快地蔓延所有感官。

闞首歸妖異的俊顏上亦是布滿了狂野的汗水，品嘗著從季婉嘴兒裡抽出的手指，插著濕潤蜜洞的手指在關鍵時刻，驟然拔出。

「不可以的話，那就不插了。」

躺在床上的季婉卻不行了，縮回外翻的灼熱花肉，抓心撓肺的空虛奇癢壓都壓不下去，任由她合攏了腿、夾緊了臀部，顫慄蠕動的嫩肉裡猶如蟲噬一樣，又麻又癢。

平緩不久的極樂快感，讓她本能地張開了腿，水霧氤氳的美眸看著蹂躪玉乳的男人，糾結到極點。

「啊！」

擒著她一雙蓮足，將人往淫水打濕的胯下一拉，闞首歸細細瞇起了狼光銳利的眼，看著如花般綻放的嫩唇紅肉，便對身下的季婉，彎起了薄唇笑了笑。

「這裡濕得好厲害。」刮了刮陰毛上的蜜液白濁，闞首歸刻意地扶著肉柱在她陰戶上輕蹭，摩挲間，嬌嫩出水的蜜桃陰唇微闔，貼吸著青筋畢露的蓬勃肉棒，好生淫蕩。

季婉咬著櫻唇低吟，看著他將自己的雙腿扯開到最大的幅度，兩片嬌翹的臀肉磨動在他的胯骨上，微微抬起的陰戶讓她清楚看見了他是如何頂弄的。

「睜開眼睛。」

甫一抵入穴口的龜頭被陰道前壁的黏膜吸得亢奮不已，握著她盈盈顫抖的纖腰，他霸道地逼她睜開眼，要她看著那奇長粗壯的巨物，是怎樣一點一點地擠入她體內，與她親密地連接。

「唔啊！」隨著他的推入，季婉情不自禁地挺起了腰，張著小嘴堪似那離了水的魚兒般，難受地發不出半點聲音，只能感受著炙硬狂野的充實。

高潮過幾次的蜜洞早已敏感得不行，肉棒擠入越深，穴口溢出的汁水便越多，連帶季婉的眼角都忍不住流出淚，俯身猛頂的瞬間，闞首歸用手指替她擦拭著眼角。

「告訴我，暢快嗎？」

暢不暢快，季婉已是無力分說，只那引頸連綿不跌的嬌啼浪呼，被闞首歸大力撞擊地悅耳又淫亂。

「輕……輕點……嗚呃呃呃！太……深了啊……」

浮動間，男人沉沉地壓在她身上，精光赤裸的兩具身體，彼此交纏滾燙，健碩有力的胸肌熱汗蓬勃，一下一下地磨碾著乳波晃蕩的胸，激烈成狂地抽插，幽窄的小蜜洞淫膩汁水被擠得四溢。

昂揚怒張，抵著嫣紅豔嬈的穴肉拔得迅速，撞得狠猛，闞首歸稍稍起身，抱起季婉輕顫的纖腰，一手撫弄胸前的渾圓瑩軟，雙腿抵住她的胯兒，一挺一送直將她平坦的小腹塞得鼓起來，輕易便能見到柱狀的碩物頂著雪白的嫩薄肚皮。

「是挺深的，都插到肚子裡了……明明這洞兒又緊又小，怎麼就能吃這麼多……」

夾吸的嫩肉嬌媚生潤，摩擦間淫水濕遍了肉柱，闞首歸粗喘著，碧綠的眸子裡滿是季婉的身影，情欲讓他變得狂野恐怖，對她的占有也越發急迫。

淫靡的空氣中曖昧亢奮的低吟不及那肉體的撞擊聲……

「唔啊！」粉嫩的細小花口，被堵得艱難吃力，肉棒聳動時，小陰唇被撐得緊繃發白，溢著水兒縮顫，好似再用力一點，就要被撐壞了。

滾滾欲望交織的熱浪中，季婉迷亂地抓住了闞首歸的肩膀，玉白的手死死摳住結實的肌肉，緊張的血脈透色，嬌呼聲又軟又甜。

闞首歸用力之間，將季婉從錦衾中抱上了胯部，下沉的陰戶含著大肉棒又將兩人的距離縮近了幾分，他熱切地親吻著她的雪頸和鎖骨，語氣柔和，內容卻淫靡不已。

「低頭看看，連得好深……我在裡面，妳含著我，分不開的。」

灼熱的大掌霸道地扣住她扭動掙扎的腰，抽插著往上撞擊，嬌小的季婉生生被顛得頭暈眼花，美目含淚泠泠，不受力地揚聲吟喔，整個人癱在了他的懷中。

渾濁的熱息驅逐不去地包圍了她，繾綣的親吻密密，劇烈得起起伏伏，胸前晃動的玉乳好不淫邪地被男人叼入了口中，紅蕊嫩果的乳頭幾番吸吮，癢得季婉心頭直顫，正巧大肉棒伺機整根挺入，滿得她哭出了聲。

「哭得真好聽。來，告訴我，妳這處在吃什麼呢？」

操動間，乳頭上的晶瑩口涎滴落在了雪白的小肚皮上，男人的手順勢而下，穿過淫水浸染的毛髮，探弄著最敏感之處，小小的肉蒂才擰了一下便充血了，亂竄的酥麻似電流般，從下而上侵襲著她的四肢百骸。

腳間、蜜穴、指尖、心頭，快感如暴風襲捲，強烈的暢爽瞬間到了極致。

「啊啊！」

粗碩的肉柱攪著一壺蜜肉不斷深插重搗，霸道地貫穿，瘋狂地馳騁，到口的哀婉浪叫已是本能。

大掌捏著粉白的臀肉，強而有力地掐弄著，用自身的亢奮力量，將腿間的女人高高撞起。

闞首歸更是無比激動，穴壁越拚命收縮，他便越要往宮口裡擠。

「說！」

季婉腦海裡是空茫茫的，藕白的細腕堪堪抱住闞首歸的脖子，瘦爽到落淚的眸子根本看不清東西，隱約只看見自己的腿心處，挺動的巨棒又粗又長。

「是……呃呃呃……是你的、你的肉棒……啊嗚嗚……混蛋……」

在這場肉欲襲來的暴風雨中，季婉這株綻放正是嬌美的花兒，遭受著男人霸蠻的摧毀和掠奪。

闞首歸笑了，狂熱的眸子鎖定著難捱泣哭的女人，緊窄的蜜洞無論如何擴張填塞，一如既往地緊致美妙，層層疊疊地夾縮，讓他身心無不愉悅到極點。

「喜歡我這麼對妳嗎？」

他緩下了些許速度，讓那一抽一吸的肉洞得以平緩，顫動的穴肉吸附棒身上，在他的進出下，本是不可見的神祕花肉也隨之翻扯了出來，帶著異樣淫靡氣息的水液湍湍，發出了淫蕩聲響。

季婉繃緊了纖腰，他製造給她的歡愉已經達到了不可承受的地步，頂弄宮口的龜頭，只稍稍一撞，她便瘋了一般地捶打著他。

「退、退出去！啊啊啊啊！」

堆積的快感成了導火線，高潮一觸即發，她漲紅著臉在他肩頭無助哭喊，逃不開的操弄反而加重了。

「哭吧……叫吧……記住這種感覺，只有我能給妳……」

鮮嫩的肉壁被巨棒撐得開始痙攣，大龜頭插入子宮後，竟然還在由下而上地操弄。

這一刻，季婉嘗到了窒息的極樂，鋪天蓋地的酥麻湧上，強烈的銷魂快感將她吞噬在了黑暗中。

「啊……」

她吸著他的東西高潮了，修剪齊整的粉潤指甲在他的背上留下了道道觸目驚心的紅痕。

闞首歸亦是被刺激得失了控，掐著她劇烈顫抖的腰肢，重重地操撞著宮壁。

激烈洶湧的熱浪中，百來下的狠插後，他抱著她一同倒在了凌亂的錦衾中，吃著她檀口裡的尖呼哭泣，媾和的下身已是連接得密不透風。

只有他們知道，契合的深處正經歷著怎樣的瘋狂……

第二十三章

「就是想去那裡嘛！聽金然說水都是藍色的，婉姐姐定然沒見過那般大的沙湖，王兄你就讓我們去嘛！」

抵不過闞平昌的百般央求，闞首歸冷沉著臉，轉身看著一臉欣喜好奇的季婉，他斂了些神色，牽過她的手揉了揉她的頭。

「想去？」

季婉有些害怕，最近闞首歸變得出奇溫柔，對她簡直是一求百應——當然前提是不觸及他的底線，可她很清楚出王庭這樣的要求已在他的底線上。

但她還是不想錯過這樣的機會。

「嗯，我自小身在中原，頗是好奇她們說的景色……放心吧，有平昌陪著，我不會亂跑的。」她難得乖順，一隻手慢吞吞地楸住了他金邊繡紋的窄袖，悠悠一晃，說不盡地嬌媚。

倒還是頭一次見她如此撒嬌的舉動，生澀得很，只晃了幾下便迅速抽回了手。

闞首歸薄唇微勾，稜角分明的俊顏和悅，當著闞平昌的面將季婉攬入了懷中，蒼勁的手指摩挲著她透粉的頰畔，沉聲說道：「無妨，妳便是跑去了天涯海角，我依舊尋得回妳。」

他親密地湊在她耳畔，灼熱的強大氣息燒得她耳紅面赤，連雪白的脖頸都緋色一片，惹得闞首歸忍不住低頭就想吻。

季婉嚇得直捶打他的肩頭，才從他懷中逃出。

無視掉對方憤憤的小眼神，闞首歸又恢復成了高冷倨傲的模樣：「好了，讓賽爾欽陪你們去吧，等我處理完政務，許能去接你們。」

最難以置信的還屬闞平昌，怎麼也沒想到輕而易舉就能說動哥哥，瞪大了漂亮的眼，嘖嘖稱奇：「王兄啊，難怪中原有句話叫『英雄難過美人關』，你這天神一般的人物也抵不過婉姐姐這樣的美人，哈哈！」

「那就別去了。」闞首歸掃了個冷眼過去。

闞平昌瞬間笑不出聲了，連忙嘟囔著嘴認錯：「別別，好王兄你就安心吧，我會保護好嫂子的！」

臨走之際，闞首歸讓萊麗捧了頭紗來，親自將結著金絲流蘇的鮫綃長紗戴在了季婉頭上，把那張燦如桃華的姣麗玉容遮蔽得只剩一雙清波流轉的美目才甘休。

「不許摘下來，不許讓別的男人看見妳的臉，女人也不行。」闞首歸的要求著實蠻橫。

在他看不見的面紗下，季婉吐了吐舌頭，以示對他的霸權不滿，闞首歸彷佛能透視般，直接隔著面紗吻在了她的唇間，輕輕一碰便悠然退開了。

看著已經呆掉的季婉，碧綠的狼目中說不盡地戲謔和柔情。

「記住了，不許亂跑。」

季婉清楚感覺到臉上升起的熱意，瀲灩的眼睛裡全是闞首歸的身影，瞳孔一縮，她便推開高大的他率先跑出去了，慌亂的背影傻得可愛。

再回頭之時，闞首歸面上寵溺的笑意已經冷了幾分，看著殿中還不曾走的闞平昌，沉沉說道：「看好她。」

闞平昌忙不迭點頭，隱約間恍惚聽見了心碎的聲音。

這還是她不苟言笑的王兄嗎？太差別待遇了吧！

近年來高昌越發繁盛，人多了，治安問題便頗是頭疼，闞首歸點了自己的侍衛長陪隨，自然也不會少了武士，駿馬拉著高轅帷車緩緩離了王庭，護衛左右的人竟然多至三十個，其中還不乏戴著銀色狻猊面具的侍衛。

「平昌，為何他們會戴著面具？」

「用你們中原話來講，他們算是王兄的死士，所以裝扮不同。他們很厲害喔，一個便能抵百人，從小就養在王兄身邊，除了王兄沒人見過他們真正的模樣。」

季婉了然，不禁想起穿越之初在沙漠見到的那場屠殺，這些人似乎只將殺戮當成遊戲。

「婉姐姐，快瞧瞧外面，可熱鬧了！我看比北地盛樂還要繁華呢！」闞平昌攀著季婉的手肘，挑了紗幔往外看去，確實繁茂多姿。

季婉並不是真的從盛樂來，只能笑而不語，看著過往的人在紛紛避讓，還有些直接跪在了地上，不免疑惑：「他們這是？」

闞平昌習慣了，甚是無趣地道：「車上有王族的標誌，下等奴隸都要跪拜的。」

過了戈壁灘又換了駱駝入沙漠，湛藍的天空下起了絲絲乾燥的熱風，放眼望去連綿起伏都是沙丘漠山，頗是壯觀，季婉抬頭看著天際盤旋啼鳴的飛鷹，便見不遠處出現了綠洲。

「婉姐姐就是這裡，金然說這是新出的沙湖，瞧，已經有人來看了。」

這般景致倒讓季婉想起了敦煌的月牙泉，不過這處沙湖比月牙泉還要大幾倍，遠遠便能看見蔚藍的水，湖畔流連著幾匹駱駝，走近些卻不見人影。

闞平昌還不等駱駝停下就跳了下去，然後再讓人攙了季婉下地，一行人往沙湖邊上走。

「奇怪，明明駱駝還在，怎麼沒人呢？咦，賽爾欽那是何物？快去瞧瞧！」

「公主，是佩劍，沙裡滲了血跡，約莫半個時辰前留下的。」侍衛長賽爾欽捧著出鞘的長劍過來，劍鋒上流光閃動，那是絕佳的上等之物。

闞平昌頗是驚奇，茫茫沙漠中死人是常有的事，不過她偏偏就好奇這劍的主人。

「去，你們四下看看有無屍首。」

茶色的嵌珠軟緞繡鞋踩在沙中，季婉差些失了重心。瞧見闞平昌接了那把佩劍把玩，她便往湖畔走去，那是以前在雜誌上才能見到的美景。

「婉姐姐妳慢一點，別靠太近了，裡頭的水很深的。」

季婉攏著壓下腳踝的裙紗驀然回頭，朝闞平昌揮了揮手，準備脫下繡鞋往碧水淺淺的沙灘上走，嫩白的蓮足踩著微燙的黃沙才動了一下，突然腳間一緊，一隻冰涼的手抓住了她的腳踝！

「啊！」

「婉姐姐！」

尖呼中，季婉摔坐在地，掐在腳踝上的手越捏越緊，疼得她倒抽了幾口涼氣，接著就奮力地踢動掙扎裡來。

只見身側的黃沙猛動，一個異常高大的男人從沙中直挺挺地坐了起來。

四目相對下的片刻死寂後……

「平昌！」季婉沒膽地再次大叫，倒映在瀲灩眸光裡的男人如同厲鬼一般，沾滿了砂礫的臉上依稀可見斑斑血跡，蓬亂的短髮被風一吹，一雙極是恐怖的眼睛死死瞪著她。

砰！

男人又直挺挺地仰面倒了下去，微闔著眼不知是生是死，掐著季婉腳踝的手終於鬆開了，瑩白的肌膚上卻留下了幾道瘀青。

闞平昌匆匆將季婉從地上扶起，看了眼地上那面目全非的人，也不禁嚇了一跳，幸而賽爾欽帶著武士速速趕來，一番查探。

「還活著，有幾處致命傷，怕是挺不了多久。」

季婉的頭紗不知何時散開了，遮面的一角落下，那驚心動魄的一幕後，她受驚不淺，頰畔血色盡失，緊蹙的柳眉間惶惶難安。

「侍衛長，若是能救，還是救救他吧。」

「婉姐姐，他差點傷著妳，將死之人還救什麼救，乾脆給他一刀──」闞平昌憤憤然地說著，卻驚奇地發現男人睜開了眼。那樣渴望求生的眼神讓她話音漸弱，愣愣地對身側的武士說道：「去打水將他的臉弄乾淨。」

囊中的清水澆灑在那人臉上，沖去了沙粒和血跡，他很年輕，即使左臉上的刀傷劃開了臉皮，依舊能看出原本的俊美。

「長的不錯嘛。賽爾欽，本公主命令你，務必救活他！」

「……」季婉無語，救人用這種標準沒問題嗎？

領命的侍衛長也不敢耽擱了，招呼幾人將男人從黃沙裡抬出。

季婉就站在近處，她總覺得那男人還醒著，微闔的眼睛似乎一直在看她，皺了皺眉，卻見他肩胛處傷得厲害，幾乎是一刀砍了下去，抬動了幾下那血驀然流淌，迎面拂來的空氣帶著濃郁腥味。

「幫他包紮一下吧。」季婉想了想，直接將頭紗摘了下來遞給賽爾欽。

「你們小心點！」闞平昌倒是對那男人上了心，一面督促著武士，一面拉著季婉準備返程：「婉姐姐，他傷得太嚴重了，我們趕緊送他去王城吧。」

季婉自然是救人為先，今日她的目的便是隨闞平昌出王庭探探路，在闞首歸對她戒備未消之前，她不會輕易亂跑的。畢竟什麼準備都沒有，只會在短時間內被捉回去。

身為公主，闞平昌在王城裡也有公主府，她帶著男人直接回府，季婉則被送回了王庭。

闞首歸前來時，她才換了身裙衫，喚了萊麗去找些藥膏，那男人的手勁著實大，她腳踝上的瘀痕不僅沒退反而加深了。

「娘子的腳傷成這般，我還是去喚疾醫來吧。」

「不必了，聽平昌說瓊花膏是袪瘀良藥，便用這個吧。」

闞首歸撩了珠簾進入時，冷冽的戾氣未散，看著坐在軟榻上的季婉，大步走上前，自然地接過了萊麗手中的藥膏，半蹲下身看著季婉腳間的痕跡，眸中的陰鷙泛著殺意。

「可疼？」

季婉被他平靜下的怒意嚇到了，僵硬地搖了搖頭：「這會兒不疼了。」

本是雪色嬌嫩的玉膚，就這麼赫然刺眼地多出了旁的男人留下的痕跡，闞首歸又如何不怒。不過對著季婉，他並不發作。

修長的手指撩了瑩潤的藥膏輕輕摸在纖細的腳踝上，察覺到她的顫抖，他越發小心翼翼起來，甚至屏住呼吸，唯恐弄疼她。

季婉斂眉，垂下的長長眼睫微顫。

不知不覺間，闞首歸似乎變了很多，微燙的指腹抹著涼涼的藥膏緩緩揉弄，不時還抬頭看她面色如何，綠眸間的情愫讓季婉方寸大亂，不自然地攥緊了裙襬。

「好、好了吧……」

她聲音乾的厲害，闞首歸隨手便將裝著藥膏的雕花小罐扔到一旁，抹勻的晶瑩液體散著絲絲浸脾的清香，又夾雜了一抹苦澀的藥味。他劍眉一皺，起身將季婉抱入懷中，旋身坐在軟榻上。

「為何讓巴菲雅救他？」

這口氣有些不對……

還散著清香的手指摩挲在季婉的下巴上，無形中便產生了壓力，看著他稜角分明的俊顏上有了冷笑，季婉忙說：「不能見死不救啊……不對，是平昌要救的。」

如此緊張時刻，季婉只能犧牲闞平昌了，嬌軟的話音裡帶著幾分倉皇，兩隻手急忙拽住闞首歸往她臀後摸去的手。

這男人莫不是醋罈子裡生出來的?!

「喂!你撩我裙子做什麼!」

季婉將將推開揉捏著屁股的狼爪，猝不及防就被闞首歸掀起了裙襬，奮力地想從他懷中離開，腰後大掌卻是怎麼都不鬆。

「再扭便就地正法了。」異域俊顏格外妖冶，薄唇親暱地擦過她的頰畔，炙熱的呼吸間漫著一股讓人悚然的情欲。

季婉如何還敢動?她是岔開著雙腿坐在他懷中，下面緊貼著他胯間的凶器，已經開始硬勃的巨物頂在腿間，纖弱的柳腰難受地僵直著，深怕惹惱了那恐怖的大東西。

軟玉溫香在懷，方才季婉一通亂動，磨得闞首歸起了興致，現下她不動了，腹間的燥熱卻是狂囂得厲害。

大掌鑽入了她的裙下，隔著絲薄的褻褲拍了拍她的嫩臀。

「還是繼續扭吧。」

季婉被他拍得往前傾，雙手顫顫地撐在他胸前，怯怯地咬著殷紅的唇，一雙瀲灩的美目憤然瞪著他，努力讓雙膝跪穩在他身側的軟榻上。

「不要!青天白日的，你先放開我!」

透粉的玉容羞赧，明明是抗拒嫌惡的眼神，偏偏看得闞首歸心頭發癢。大手探入褻褲時，季婉急切地推他，急得呼吸都帶了幾分嬌促，他輕笑著張口含住了她的耳垂，用濕濡的舌頭勾弄著玲瓏小巧的肉兒。

「唔！好癢～別、別弄了！」季婉瑟縮著頭直驚呼，眸間泛起水霧，自腰後鑽入褻褲裡的大手略是粗糙，摸著她的屁股又是揉又是捏。

她胡亂地躲，卻又將挺直動人的玉頸送入了他的口中，挑逗的舔吮引來她陣陣發顫，在他懷中輕聲嗚吟。細弱無助的聲音讓闞首歸心更癢了，隨之而來便是壓抑不住的占有欲，自那嬌挺溫潤的翹臀上收了手，他碧眸下移，熾熱壓制著陰鷙的目光落在了季婉的腰間。

兩端嵌著紅寶石流蘇的裙帶被他扯了下來，在季婉還暈乎乎的時候，擒著她一雙細腕折到身後，玉羅軟紗的裙帶一圈圈地綁了上去，縛得她死命也掙不開。

「你、你又要做什麼？綁著我作何？」

闞首歸滾燙的氣息噴在她胸前，高昌的服飾偏於暴露開放，繡著金邊雪柳的素色抹胸緊裹著她的乳峰，雙手被捆得牢牢，掐著腰肢的大手按捺不住獸性將她往上撐，那半藏在單薄衣物下的奶溝越見加深。

在季婉驚慌不定的注視下，闞首歸伸出了舌頭，仿若壓著獵物準備享用入口的狼般，從急促起伏的渾圓上一路舔到了她的雪頸，優美的曲線，嬌弱的弧度，無一不讓他失控。

「變、變態！」

好半晌季婉才找回自己的聲音，俊美昳麗的男人彷彿沒有聽見似的，大舌濕濡炙熱地一遍遍舔弄著，自胸前到頸間全部都是他的痕跡和口涎，舌頭掠過時，她的聲音已幾近崩潰。

「阿婉，妳臉紅的樣子真好看，喜歡我這般舔妳？」他低沉著聲，帶著情欲的熱息輕舔著她的臉，燦如桃華的緋色美極了。

季婉被他綠眸中的烈焰嚇得閉上了眼，不可否認這樣的細膩舔弄是挑逗女人的最佳手段，心亂如麻的怦然讓她意識到腿間已經起了絲絲蜜意。

「不、不喜歡……」

她喘息著搖頭，殊不料淺蹙的柳眉早已出賣了她。

闞首歸笑著吻上她的肩頭，不染瑕疵的霜肌雅媚生香，那裡有著最惹男人獸欲的嬌怯。

「口是心非可不是件好事。妳應該很喜歡吧，我感覺妳下面好像濕了……」

季婉的臉瞬間漲紅。

男人玩味的邪肆讓她羞恥到極點，身股絲絲縷縷的熱流全然出於本能，卻不知何時已經浸濕了她的褻褲，又透入了他的袍角。

「沒濕！你快解開我！混蛋、死變態！」

殿中光線明亮，闞首歸勾著薄唇，素日冷如寒山的俊臉此時溫和得如沐春風，可他越是如此，越是叫季婉害怕。

他溫柔起來的眼神，彷彿恨不得將她吃拆入腹。

「乖，別掙了，妳弄不開的。若是弄傷手腕，我會心疼。」他握著她被捆綁的細腕，輕輕摩挲，像是在把玩上等的美玉一般，那一圈圈的裙帶縛得極緊，他眸色微沉：「下次多拿些緞帶來，我喜歡看妳被綁著的樣子。」

季婉睜大了眼，緊貼在他懷中的身子離開了些許，就被他強行按了回去，掌下盈盈不足一握的柳腰微微顫抖著。

「害怕了？別怕，我會像之前那樣，蒙住妳的眼，再堵住這張會哭會叫的小嘴，然後將妳的手、妳的腳，還有這對奶兒都綁起來，只留下這裡，慢慢插進去……」

邪魅的話音將落時，他重重挺腰，已經硬如鐵柱的大肉棒隔著薄薄衣物頂得季婉花縫一疼，心都慌了。

不是沒被他這樣弄過，可是如此直白地說出來，委實讓人難以承受。

「不要！」

第二十四章

世間事物，看不見的最是引人遐想。

藏裹在雪柳抹胸下的一對渾圓呼之欲出，又半隆半隱，舔了一口緊綳的滑嫩雪肉，季婉是敏感地直顫，闞首歸卻獲得了另一番美妙。

「唔！」

玉羅裙紗鋪滿了他的腿間，鑽入裙下的大手捧著嬌挺的臀一邊輕揉一邊褪去褻褲，摸了摸胯料上的濕潤，闞首歸抱起雙眼快要噴火的季婉，將褻褲扔到了地上，就著掌中殘留的濕意，一把罩住她腿心間的細嫩處摩挲。

「濕透了呢……」

磋磨著兩片嬌潤的花唇，又淫邪地撚揉上端陰蒂，一掌握住她的不適難堪，絲毫不給她避開的機會。

季婉緊皺著柳眉，赤裸的腳兒懸在軟榻沿上綳得直直，顫慄間，腳踝的金玲清脆，甬道裡升起的痠麻往心中洶湧而來。

「咬著嘴作何?叫出來該是很好聽的。」闞首歸將手從她裙下抽出，轉而用濕潤的手指摸了摸她的嘴唇，將那鮮豔如花的嫩唇染得一片濕亮，見季婉嫌惡地躲開，他笑得陰沉：「這

可都是妳的東西，我就很喜歡。」

說著便將兩支在她穴縫間摩擦過的手指舔了舔，似是眷念不已的模樣。

季婉只覺得噁心，奈何雙手被綁得死緊，她只能忍了又忍。

「你噁不噁心！要做就快點！」

快可不是闞首歸的作風，他習慣了慢慢去折磨人，情愛敦倫之事尤甚，張口咬了咬季婉胸前的白嫩奶團，在她的痛呼中留下了牙印。

「原來阿婉這般急色，那便依妳吧。」

他玩味的話讓季婉鬱卒不已，緋紅的臉都快氣得扭曲了，直到闞首歸在裙紗的遮蔽下撩起了袍角，半褪中褲，將巨碩之物頂上她的腿心時，她才後悔了剛才說的話。

「阿婉喜歡一插到底，還是慢慢地插妳呢？罷了，瞧妳方才急了，還是直接插滿妳吧。嗯？妳這裡的小嘴已經吸著我的東西在流口水了。」

季婉面紅耳赤，今日的闞首歸格外奇怪，專挑些不堪入耳的言語羞她，她正待怒斥，他卻用手指撥開了緊閉的陰唇，在她張嘴的瞬間，將猙獰怒勃的昂揚整根沒入。

「呃！」到嘴的千言萬語都被那充滿的感覺蓋過了。

闞首歸斂眉低吟，四方湧動的嬌嫩緊致又潤又滑，窄小的蜜洞甫一擴充便開始反射性地縮擠，肉壁花褶齊齊蠕動，溫熱的軟綿令他瘋狂。

輕緩地撞擊，讓直挺而入的肉棒毫無遺漏地占據季婉的身體，緩重的摩擦，硬物的剮蹭，這是不屬於她身體的異物，卻奇妙地帶給她酥麻的快感。

「嗯啊……別這麼進……太深了！啊！」

細潤的水聲在肉棒抵入時發出，裙下旖旎她是看不見的，卻能用身體去切身體會。粗若兒臂的凶猛性器在快進快出，陰道前壁乃至宮口花心，但凡被戳弄的地方都泛起了絲絲電流，饒是季婉再抗拒，也還是隨著闞首歸的挺動，動情地嬌吟起來。

「脹得慌？」闞首歸氣息沒有一絲紊亂，吻著季婉面頰上的晶瑩淚珠，胯下狠狠用力，撞得她在他懷中起伏顛簸。

巨粗的脹是衝擊周身的，而薄嫩穴肉所承受的是快速摩擦帶來的歡愉，青筋猙猛地肏擊，讓整個蜜洞都淫滑透濕了。

水潤聲不絕於耳，季婉仰著頭晃蕩媚呼，被闞首歸舔過的胸口熱得厲害，淡粉的肌膚下心跳已是悸動不安，那股要貫穿她的可怕力度，隨著痠脹頂撞，讓她岌岌可危。

「啊呃呃呃……放、放我下去……不要……啊……」

激烈的挺動讓肉穴滾燙，淫膩的水液更是潮湧涓涓，季婉被搗怕了，嘗試著用肉壁去夾緊陽具，卻正合了闞首歸的心意，擠開層層纏繞的花肉，他掐著她顫抖的纖腰加快了速度。

「叫我的名字，乖。」

季婉已經舒服得泣不成聲了。

闞首歸是個學習能力極強的人，對於敦倫的情趣手段已是爐火純青，操哭季婉不過是小菜一碟，含著她赤紅的小巧耳垂，他那雙翻湧著情欲的幽幽碧眸裡泛著柔情。

又被高高撞起，花唇濺著蜜水翻騰的瞬間，季婉尖叫著又坐了下來，圓碩的頂端頂入了宮口，她繃直了雪白的小腳趾，緊貼著男人的強硬胯骨顫抖著。

才如此幾下，她就禁不起了，五臟六腑被撞得似是移了位，難受又說不出的刺激。

「闞……闞首……啊啊呃呃呃！」

如墜雲端的肏擊讓她在快感中迷離，體內亂竄的熱浪騷亂，大起大落的衝擊中，她渾身都是酥麻的。

捧著她重重墜下的小屁股，闞首歸的大掌又被浸了一把的蜜汁，包裹著肉棒的花徑已是軟嫩銷魂，抽插間，顫縮的穴肉將鋪天蓋地的愉悅都渡給了他。

「叫我阿努斯！」他沉聲嘶啞，危險的灼息流連在季婉咬到殷紅發腫的嫩唇上。

律動節奏更加急促，敏感萬千的穴肉發緊，季婉連哭的聲音都弱了，將額頭抵在闞首歸懷中用力搖頭：「啊……阿……呃呃呃阿努……斯！」

這一聲哭喚，帶著巨大的摧毀力，被刺激到的闞首歸碾碎了最後的溫柔，抱著季婉起身一轉，便將她壓在軟榻上，扯著她綁在身後的雙臂，大肉棒連根插入，微涼的陰囊撞在水嫩的會陰上，便是一陣狂亂交合！

「嗚嗚！不行了！停……快停下啊！不、不要插了！」

直到最後的百來下瘋狂頂入後，精水噴湧在體內，季婉才從狂風暴雨中得到片刻安寧，勾在闞首歸腰上的蓮足無力地滑落，一下一下地搐動著。

闞首歸不曾起身，貼合著嬌軟的少女身姿倒在軟榻上，饜足後的氣息都是散著情欲的慵懶，愛憐地親吻著季婉緋如粉桃的臉頰，在她赤紅的耳際說道：「還是被插洩的模樣最美，乖乖，妳裡面在咬我呢……」

兩人的衣物少許凌亂卻又算是齊整，自那雙赤裸不停發抖的玉白腿兒往上看，又有誰知兩人此時有多麼親密。

「唔，出、出去……」

這男人如山般鎮壓著季婉，湧溢在子宮的精水已經到了極致，痠脹的小肚子迫切需要釋放，奈何巨碩依舊堵在裡面，頂得她動也不敢動，一雙美目濕漉漉地望著他。

緩和著高潮餘韻的穴肉如鮮嫩的花兒在綻放，層層水嫩吸嘬蠕動，伴隨著痙攣，一浪一浪地侵襲著陽具，腹下邪火不消反增，闞首歸顯然沒打算就這麼放過她。

「出去？什麼出去？出哪裡去？」

火熱的大手摩挲在季婉小腿間，提起她一隻腳，又開始了抽動。

這次又添了不一般的新奇感，隨著肉棒的磨動，被擠壓的花肉濕膩異常，龜頭頂開宮口時，流淌的精水也隨之充滿甬道，淫滑的嬌媚中很快有了一抹黏稠感。

他的速度不快，抽插聲卻響得清晰。

季婉被綁在身後的雙手已經麻了，抓著軟榻上的玉羅繡面，身下被男人占據的地方又起了無法言說的癢。

「拔出去……唔嗚！闍首歸……啊！」

突然一個發狠地撞弄，快感如電流穿過全身，季婉額間的香汗點點滴落，緊接著她便在他胯下的重力衝來時，連連啜息嬌吟。

闍首歸也不提醒她錯在何處，只控著腹下最硬的巨柱，霸道地在水嫩嫩的花徑中橫衝直撞，快活到了極致，看著咬唇難受的季婉，他勾著唇，便是花樣百出的旋轉、重碾、猛頂。

盡根插入的硬勃肉柱可謂駭人，高潮後加深的敏感讓季婉被堵得又痛又脹，緊窄的淫潤蜜洞已是不堪操弄，每下深入都將散去的高潮再度找回。

「啊！阿努斯阿努斯……嗚嗚！」她終是鬆開了緊咬的牙關，深處羞赧的花蕊穴心已然被撞開。

強烈的酥麻快感讓濕潤的膣肉死死纏繞在壯碩的肉柱上，一陣收縮、裹顫後，季婉再度嘗到了狂亂的肉欲，淋漓的酣暢化作了熱淚從眼中不斷滴落，嬌小婀娜的玉體驀然顫抖著。

「真乖。舒服嗎？」

季婉哪還有力氣回他，柳眉微皺，美目緊閉著被那磨人的歡愉震徹一遍又一遍，心跳都差點停止。

巨蟒般的肉柱停止了抽動，似乎是有意讓她緩解，隨著媚肉的推擠往外拽出，季婉便感覺身下的蜜處熱流不斷。

「腫了呢，看來是不能插了。」

闞首歸撩起了季婉的裙襬，露出那嬌嫩的牡丹肉穴，狼藉一片的淫靡旖旎，刮去白沫只見兩片桃唇腫得厲害，再看看自個腹下仍舊雄壯的東西，他只能去解開了季婉的手，牽過一隻白嫩柔荑覆上。

「你——」

掌間的猙猛硬碩羞得季婉想抽手，可是對方早已將她緊緊箝制住了。

半起的身子軟綿綿靠在榻背上，清楚地看著自己的手是如何幫男人摩擦，那東西過分炙熱，沾了蜜液的表皮是細滑微軟的，只是鼓漲的青筋讓那紅紫的性器看起來有些瘆人。

「別亂動，不然還得插進去。」嬌嫩的手心不比緊窒的穴肉，奈何闞首歸變態般地喜歡季婉的碰觸，哪怕只是手心摩挲，也足以讓他高潮。

季婉一直閉著眼，手腕被帶得都痠了，闞首歸還不曾放開她，那般奇長的粗壯，難怪會脹得她發慌……

「好了沒有?我手疼!」

「再等等……」壓抑情欲的聲音說不出的悅耳。

「你快點……」

「閉嘴!」

良久後，季婉只覺得右手都要脫臼了，紅著臉睜開了眼還想催促，卻看見闞首歸突然停下動作，緊接著一股白濁便噴了出來，直射她的臉!

這廂，闞平昌將男人抬回公主府後，便召集了王庭內的疾醫來救治，甚至拿了府中珍藏的老蔘給那人吊著命，她自己更是寸步不離地守在床畔。

「務必救活他!」

鬧騰了一日，直到月上中梢，那人的命方是保住了。

一眾疾醫無不感嘆此人命大至極，自中原而來的一名宮廷御醫卻是暗自搖頭，將實話說了出來。

「公主怕是不知，此人腦後受了銅錘重創，只怕醒來也會呆傻。」

「什麼!」闞平昌驚呼出聲。

第二十五章

這一日，季婉坐在庭院的幡帳下同萊麗學著煮花茶，烈陽下的雪柳隨風微晃，熱風過時，帳沿嵌墜的玉珠流蘇清響，拿著長柄的銀勺子，季婉輕輕推開金皿裡綻放的玉茶花，盛了淡粉色的茶水入杯。

「應該是差不多了，娘子快嘗嘗味道。」

拿起茶杯時腕間的赤金臂釧滑動，季婉有些遲疑地飲了一口，漸漸的眸光一亮，盈盈道：「好喝！」

話音將落，金壁拱門下就跳出一人來，只見闞平昌攏著金紗長裙跑來，模樣俏麗逼人，看著案几上的一應器具，她毫不客氣地自己盛了茶水。

「呀，這味道真不錯……木頭快過來……咦，人呢？」

季婉頗是無奈：「妳別每次都跑這麼快，他腦袋不好使，大概又走丟了。」

闞平昌訕訕笑著，只能拽著季婉陪她回去找人。

一路上，闞平昌直與季婉抱怨那木頭幾多呆傻，臉上表情卻不是那麼一回事，總有幾分懷春的懵懂少女意味，季婉也不點破。

「平昌你先去那邊找找，我去這邊看看。」

這已是本月第四次了，鑒於闞平昌也不記得人是何時丟的，季婉選擇了兵分兩路，王庭太大了，一個亂跑的傻子很容易迷路的，必須盡快找到他。

季婉出了東宮一路往小廣場上走，路過一片木芙蓉時，忽然聽見裡面有一絲響動，她忙駐足往裡面看，終於在花架的角落下看到了一塊玉珮，過去撿起來，很快就認出是闞平昌送給那人的。

「木頭？你在這裡嗎？」她嘗試著喚了喚。

可惜，無人應答。

這一片的木芙蓉太多，花架遠遠高於她頭頂，季婉只得踩著沙丘到了另一邊，時不時蹲下來看地上有沒有遺留什麼東西。

「木頭……啊！」

季婉是半蹲在地上的，剛準備離開，一抬頭便見花藤上盤踞了一條翠綠的小蛇，倒三角的頭距離她極近，血紅的蛇信子吐出時，差點就掃到她的額頭，她尖叫著跌坐在地。

這是她生平最怕的東西！

「蛇啊！」在那蛇做出攻擊姿勢時，她緊緊地閉上了眼。

也就片刻的功夫，花架間傳來一聲雜響，那嘶嘶的蛇信聲瞬間便消失了。

預期中的劇痛並未降臨，季婉顫巍巍地睜開眼，就看見闞平昌家走丟的木頭，以及他擒住的蛇。

「快、快丟開牠！」

見季婉害怕不已，木頭看了看已經纏在腕間的蛇，嘿嘿地傻笑了兩聲，竟然用蠻力將蛇扯成了幾截，再抬腳狠狠踩扁。

「嘿嘿，沒了，不怕。」

這便是闞平昌救回家的那個男人。

他模樣生得極好，劍眉凜冽，便是那張只會傻笑的嘴，都性感得惑人。可惜傷勢過重，醒來後成了傻子，闞平昌直言貪戀他的美色，將他留在了身邊，取了個名字叫木頭。

季婉記憶尤甚的就是他那雙眼睛，將死之時的陰惻毒辣……和闞首歸頗是相似。

「謝謝你。」

木頭將沾了蛇血的手在衣服上擦了擦，確認乾淨了就彎腰將季婉扛上肩頭，往花架外走。

「咳咳！放我下來！」

回應她的則是傻子專屬的笑聲，隱約還透著幾分得意。

這男人身量高大，肩寬體壯，腦子就跟木頭一樣，不管別人說什麼他都不聽，就像這會兒扛著季婉，就跟土匪搶媳婦般，彷彿拖進山洞就是他的了。

走出盡頭時，季婉捶打他肩頭的手早已無力，若是被闞首歸看見這一幕，傻子大概得被挫骨揚灰了。

「你快放我下來！不要命啦！」

「嘿嘿……婆娘嘿嘿……我的婆娘……」

季婉氣不打一處來，撲騰的腳朝著他的腰狠狠踢了幾下，空閒的手更是毫不留情擰住了他的耳朵，憤憤道：「我不是你婆娘！放我下來！快點！信不信我讓平昌打你！」

雖然剛剛他救了她，也不代表他就可以占她便宜！

大概是耳朵被擰疼了，抑或是季婉的恐嚇到位，木頭終於撒了手。

季婉直接從他肩上跌落，摔得痛呼了一聲，木頭卻笑得開懷，指著趴在地上的她。

「婆娘不乖，活該！嘿嘿嘿！」

「你——」季婉又痛又氣，頓時罵不出話來。

闞平昌找來時便看見了這詭異的一幕，扶起捂著心口深呼吸的季婉，遲疑問道：「婉姐姐怎麼了？」

「平昌妳確定他是真的傻了？」季婉看著已經乖乖蹲下的男人，怎麼也不相信他腦袋不好使。

「良醫們都瞧過了，自然是傻的。難道他欺負婉姐姐了？我的好姐姐，妹妹給妳賠禮道歉，妳可千萬別告訴王兄啊，不然王兄非扒了他的皮。」

鬫平昌對這男人著實上心，即便是傻了，也要費盡心思地維護。

「無事，我們回去吧。」

出了芙蓉園，三人往廣場上走，卻不巧遇到了王駕行過，遠遠便瞧見穿著王袍的高昌王坐在十二人抬的金輦上，王冠上的寶石在明光下泛著熠熠光芒。

季婉的臉色微變，又想起了那個午後。鬫平昌見狀，忙握住了她顫慄的手，悄聲在她耳邊說道：「婉姐姐別怕，有我在呢。」

幸而王駕不曾停留，在不遠的宮道上漸行漸遠漸，這下連鬫平昌都忍不住怒意了，她分明看見父王往這邊看了一眼，那勢在必得的目光，讓她作嘔。

是夜，鬫平昌便將此事告知了鬫首歸。

鬫義成帶兵征伐車師前部已有月餘，與高昌王不睦的鬫首歸並沒有因此空閒下來，近來早出晚歸已是常事，更多時候季婉總會從他身上聞到血腥味。

靜謐的寢殿裡光影鬱鬱，大概因為今日遇到了高昌王，季婉躺在華榻上輾轉難眠，拽著錦被將自己裹了進去，睡意漸湧時，廊道裡傳來了極輕的腳步聲，登時她便清醒了，抱著錦被坐起來。

鬫首歸入來時微愣，已是午夜後，往常季婉此時早已睡得香沉，解開身上的玄色披風扔在赤金鏤花的架子上，走近榻側時，看見季婉瑟縮的樣子，他才想起面具還未拿下。

「夜深了，怎麼不睡？」戴著金絲手套的大手，緩緩取下了面具。

那詭異的圖案頗是可怕，闞首歸卻愛不釋手，見季婉在看，俊美陰沉的側顏上不禁揚起了淺笑，問道：「妳怕？」

夜中微涼，季婉特意著了軟緞的睡裙，素色的順滑衣料緊貼嬌軀，只顯得她越發嬌柔動人，再看她抱著錦被瑟縮肩頭的模樣，說不出的可愛。

誠然，她害怕這個面具，大抵是因為第一次見面時，闞首歸給她留下的心理陰影太大了。

「你……又殺人了？」

說完她就後悔了，只見闞首歸抬眼看向了她，比綠寶石還冷冽的眸間森寒不曾褪去，那是殺戮後留下的明顯特徵，這個男人極度嗜血。

「嗯。」

他輕應一聲，語氣淡薄蒼涼。

一時寂靜，闞首歸頗是優雅地摘去了手套，細長白皙的手指撫上了季婉扒拉著錦被的手，牽了過來握在掌中，把玩著溫潤的芊芊素指，在對待季婉時，他越來越溫柔了。

「並不是每個人都值得活在這個世上……我只是在幫他們完成此生的任務罷了。」

季婉皺眉，對面的男子有著世間最好的容顏，奈何他的心，卻已經陰狠無救了。

「這算什麼？你將自己比喻為神嗎？就算有的人該死，可是襁褓中的嬰兒又有何錯？」想起那日沙漠中的殺戮，季婉實在忘不掉死在面前的少女和孩子。

她的聲音有些尖利，闞首歸卻不惱，掌中的手兒欲要抽回時，他驀然抓住了她，手勁極輕握著那嬌嫩的柔荑，讓季婉掙脫不了。

「生在了該死之人族中，便是他們最大的錯。」

「你！真是無藥可救了！」季婉氣得太陽穴一跳一跳地疼。

闞首歸依舊風輕雲淡，撩起她額間的碎髮順到了耳後，長指並沒有因為她的憤怒而離開，則是順勢往下摩挲上她的臉頰，微粉的玉容生嬌，因為生氣了，徒添的嫣紅讓明光下的她美極了。

「可知我那日殺的那些人是誰？他們家三代為上耀城主，貪贓受賄無數，欺男霸女亦無數，便是妳口中所說的襁褓嬰孩，死於他們之手的更是無數。曾有老媼向我言說，若能求得他族滅門，願以命相償……阿婉現在覺得，這些人該不該死呢？」

對上那雙灑滿星辰的璀璨綠眸，微露的冷厲讓季婉心頭一顫，她弱弱地低下了頭，卻依舊有些不甘：「可是……」

闞首歸俯身湊近，將她纖瘦的肩膀攬入懷中，季婉或許還不知道他此時有幾多愉悅，她願意和他爭論這樣的事，是不是代表她在正視他了？

「我很高興。」

「啊？」季婉愕然抬頭，皺眉不解。

男子的薄唇適時地壓了上來，微涼碰觸著嬌軟，一如既往的甜美，在她愣怔之際，大舌已經鑽入了濕濡的檀口中，極盡溫柔地攪動吸吮。

細軟的嗚咽驚慌，舌尖不疾不徐地掠過上顎和貝齒，緩緩舔弄著，直將兩人的口涎融合，捲著粉舌的粗糙才鬆開退出。

這一吻讓季婉大腦空白，攥著闞首歸衣襟的手不知何時已失力落下，整個人被他籠在懷中，嬌促的喘息間匆匆吞咽，美目迷離微潤，面紅耳赤。

見她呆呆傻傻的樣子，闞首歸不禁擁緊了懷中這一抹纖軟嬌柔。

平生最大的幸事，應該就是遇見了她……

「留下來吧，中原已是亂世，妳沒有地方可去的。或許等我做完所有的事後，我可以帶妳回妳的故鄉。」

他並非良善之輩，說過的話大多是不可信的，唯獨這句話，他是發自肺腑，大概是這一刻過分天時地利人和，他輕易地將後半生許給了她。

伏在他懷中的季婉呆愣地聽著，故鄉？她此生還能不能再回去都成了未知數……

見季婉久久不語，甚至面色凝重，闞首歸以為她還是想逃走，不禁抱得更緊了。

「我很壞的，想要留的東西留不住時，我也不知道自己會做出什麼事。」

這男人又變得不正常了。

季婉回過神來，掙扎著要起身，卻被他扣住了腰肢，森冷的話語在耳畔響起。

「覬覦妳的人，都該死。」

第二十六章

一晃又是半月而過，闞義成已征下車師凱旋將歸。

東宮中庭內，闞平昌央著季婉教琵琶。她極是耐學，無奈身邊跟著個傻子，也抱著琵琶亂彈一通，季婉被吵得頭疼，坐在旁邊飲茶的闞首歸寒沉得面色變也未變。

他將季婉拉到了錦墊上同坐，端了一杯雪蓮茶給她：「喝吧。」入口味道清香宜人，季婉看著闞平昌去奪木頭的琵琶，那傻子嘿嘿笑著躲開，氣急敗壞的平昌拿了骨扇去戳他，木頭反倒更加興起地撥著琴弦。

季婉漫不經心地看了闞首歸一眼，見他在皺眉，就知道不好。他似乎極其不喜歡木頭，甚至在第一次見面時起了殺意，若不是闞平昌百般哀求，木頭怕是早就被送走了。

「平昌，別鬧了，快過來喝茶吧。」

傍晚王庭行宴，為慶祝闞義成大軍凱旋，季婉本是不想去的，闞平昌卻道：「有王兄在，婉姐姐別怕，一同去吧，很熱鬧的。就當是吃喝玩樂，不必管那些礙眼的人。」

闞平昌口中的礙眼之人自然不止高昌王，還有闞義成。不過，去了之後，闞平昌就後悔了，她最討厭的幾個人竟然同時出現。

「那是誰？真漂亮。」

季婉好奇地看著入場的妙齡美人，她一身紅裙露腰隱腿、長辮輕舞，不止容貌妍麗，身材更是妖嬈至極，甫一出現，莫說是男人了，連身為女人的她都忍不住多看兩眼。

「她是烏夷國的阿依娜。婉姐姐小心些，她慣會勾引男人。」闞平昌冷哼著，憤然地咬著手中蜜果說道：「她最喜歡勾引的便是大王兄。」

這就是烏夷國的阿依娜公主？

季婉記得萊麗似乎提過，還來不及回味闞平昌話中的幸災樂禍，果真見那阿依娜婀娜多姿地朝闞首歸走來。

美人便是美人，走起路來也是曼妙得惹人，紅紗微動，纖長的秀腿半遮半掩，蠻腰一擺，裙間寶石金鏈悅耳叮叮。

季婉頗為驚奇地看了看闞首歸，那俊美的男人卻只顧飲酒，半眼都未看向那走來的惹火尤物。

察覺到她的目光，闞首歸的薄唇微微勾起一彎淡淡的笑意。

「放心，除了妳，別的女人我都看不上。」

「噗……咳咳！」季婉猝不及防將口中的雪蓮茶噴了出來，正巧吐在了阿依娜的裙襬上，那嵌滿寶石的長裙流光溢彩，顯然是金貴極了，她忙抬頭道歉：「對不起。」

阿依娜瞥了她一眼，美眸中說不盡的鄙夷和厭惡，讓季婉心頭一緊。還不及多說，那女人就走到了闞首歸桌前，柔聲說道：「大王子，好久不見。」

那聲音媚得酥人心魂，季婉和闞平昌一同打了寒顫。

闞首歸慵懶地倚在了大椅上，碧眸幽寒的睥睨著阿依娜，面部冷厲地道：「我的王子妃不小心弄髒了公主的裙子，我代她賠公主便是，現在，妳立刻走開。」

那等不耐煩的疏離話語，頓時令阿依娜繃不住臉了，妝容精緻的豔麗五官微獰，咬著唇看向了季婉，似乎很是不可置信。

「王子妃?!阿努斯，你不可以這樣對我！」

大抵是難得見到這一幕，闞平昌忍不住嗤笑一聲：「哼，有些人的臉可真大，也不瞧瞧自己幾斤幾兩，自取其辱罷了。」

正宴還未開始，這邊已是火藥味四起。

眾人目光聚來時，阿依娜很快就斂了不得宜的神情，妖豔抿唇，看看季婉又看看闞平昌，咯咯嬌笑：「巴菲雅妳可真小氣，我們不是最好的姐妹嗎，為了一個男人妳便恨我如斯，何必呢？」

季婉不明所以，但是很快就腦補出劇情了，她攔下了正要發飆的闞平昌，低聲說道：「冷靜點，她這是激將法。」

今日王庭夜宴，來的都是王公貴族，更是不乏鄰國使臣，闞平昌身為高昌公主，若是當眾失態，只會對她不利。

闞平昌是個直腸子，被季婉這一拽，她才驚覺自己又差些上當，看著一臉「和善」笑意的阿依娜和那些探究的目光，她恨得牙癢癢，往年不知被阿依娜這般算計了多少回！

「我可沒妳這樣的姐妹。妳說的是，一個賤男人罷了，我還看不上眼呢，妳願意去睡就多睡睡。」

「巴菲雅妳怎麼能這樣說？我從小就只喜歡阿努斯，安銘與妳解除婚約的事我很抱歉，但是和我絕對沒有關係，我是清白的。」阿依娜不疾不徐地說著，那寫滿愛慕的目光看著闞首歸，一邊努力辯解，一邊又期盼男人能看她一眼。

可惜，她終是失望了。

那面冷心更冷的男人從始至終都沒再看她。

阿依娜生性高傲，多少男人戀慕她，她都不屑一顧，獨獨闞首歸，讓她愛恨不能，再是不甘她也忍了。

擇了闞首歸照面的位置坐下，模樣極盡嫵媚，也不理會上前搭訕的貴族公子們，一雙美目暗含幽怨地往對面看去。

季婉被那道目光盯的怪不舒服，剛拿起茶杯飲了小口，餘光便看見眾人簇擁而來的闞義成。

今日他依舊一身漢家華服，儒雅俊逸，溫潤如美玉般，著實難以想像如此的他，在軍事上也頗有才能。

這場晚宴闞義成才是主角，高昌王有意隆重地介紹次子，連闞義成的座位都設在高於闞首歸的地方，顯然已無視長次之分。

眼見如此，闞平昌竭力忍著怒氣，在季婉身側撫著胸口哼哼道：「若非大王兄用了半年時間查清車師布防，又早早定下作戰計畫……憑他？哼！」

季婉聽而不語，只是秀氣的眉頭微微皺起，戰場之事瞬息萬變，就算有作戰計畫卻也不一定適用於每一刻，足見闞義成有心藏拙了。

開宴時，闞義成頗是恭敬地向闞首歸敬酒，季婉被擋在後面，什麼也看不清，兄弟倆也不曾說什麼，直到闞首歸飲盡酒樽倚回大椅間時，季婉看見闞義成面上溫和的笑意已經有了幾分牽強。

「阿婉再看他，我會生氣的。」

季婉過度專注，不曾發現闞首歸何時靠近的，微涼的長指握住她纖軟的柔荑，輕輕一捏，疼得她猝然咬住了唇，偏偏這樣的動作落在旁人眼中，卻是說不出的親暱曖昧。

「疼！」

她瞪著他低聲抗議，施了脂粉的臉頰楚楚嫣然，慍怒快要藏不住了。

闞首歸綠眸回轉，甚是溫柔的替她掖了掖鬢角的青絲，薄唇微勾。

「說過不要看別的男人，妳總是喜歡將我的話當耳旁風。」

真是的，又吃醋了。

兩人這般親近，連上面的阿卓哈拉王妃都看了過來，格外欣慰地笑著，季婉只能扯了扯唇角，一隻手也握住了闞首歸，不過她卻用指甲扣住了他。

「鬆手，真的很疼！我沒看他，只是在想些事情。」

這男人就是故意的，靠得越來越近，對面的阿依娜公主已經用眼神表明了對季婉刻骨的恨，那似要手刃她的憤怒，嚇得季婉後背發涼。

「怎麼，不想被他看見我這般親近妳？怕他傷心？」

這個「他」自然是指闞義成，偏生季婉還不知死活地往上看了看，本是意氣風發的少年此時似乎很是失落，端著酒樽黯然垂目，不知在想什麼。季婉心頭發緊，難道……

手間一疼，季婉瞬間回神。

「呵，我覺得你應該顧忌一下阿依娜公主才是。」季婉自認為和闞義成清清白白，倒是闞首歸和阿依娜才叫不清不楚。

闞首歸一愣，帶著笑的冷峻俊顏上多了一抹不解，顯然他還沒能領會到季婉話中的意思，不過倒是放開了掌中的柔荑，改為輕揉。

「阿依娜？我為何要顧忌她？」

「噗嗤！」闞平昌坐得近，聽著兩人的對話，只覺得聰明一世的王兄也有犯糊塗的時候。她執著繡面絹紗的團扇，側身盈盈道：「王兄你可真笨，婉姐姐這是吃味了啊。」

季婉臉都黑了，她發誓她不是這個意思！

「平昌……」

「婉姐姐妳別不承認，我王兄可是頂好的男人，尋遍著世間怕是也找不出第二個來，妳吃醋也正常，瞧瞧阿依娜那模樣，確實要有危機感。」闞平昌趁機火上澆油一番，躲在季婉身後朝她王兄使眼色。

闞首歸攬過了季婉，稜角分明的面廓散了陰沉，極是玩味地抓住季婉要戳闞平昌的手，在她耳畔笑著：「當真？」

灼熱的氣息縈繞，吹得季婉耳垂發癢，恨不得抱著闞首歸的手咬一口，嘴上更是硬氣：「你想太多了，莫說你喜歡她，就是娶了她，我也不會有半點想法的。」

「是嗎？我差點忘了，阿婉最喜歡口是心非了。」

「你！」

幽幽碧眸暗光愉悅，看著懷中不甘扭動的女人多了一分熾熱，握著纖細柳腰的手漸漸收緊，灼息加重，高挺的鼻梁蹭在她馨香頸間，緩緩低醇出聲。

「很硬了。」

季婉渾身一僵，不可置信地看著他，高貴倨傲如神祇般的男人，抵在她身後的胯部簡直說不出的下流無恥，她鄙夷的目光足以說明一切。

闞首歸卻是無所謂，稍稍將距離撤開了半分，季婉於他的魔力簡直無法想像，光是如此抱著、聞著，腹間就亢奮不已。

「怎麼辦，妳不動了，我更想幹妳了。」

季婉伸手捂住被熱息燒紅的耳朵，咬牙切齒道：「變態！」

第二十七章

奢靡的夜宴正是繁鬧，幸而有人上前給闞首歸敬酒，季婉趁機脫身，濃郁的酒味悶得她頭暈，便招了萊麗過來，悄然離去。

行至偏門時，她回頭看了看，闞首歸一臉冷冽地放下了手中金樽，越過人群朝她投來了熾熱的目光。

好在他很快就無暇再顧及她。

已是夜空繁星最美的時分，缺了一角的月牙隔著一層雲霧繚繞的薄紗，鬱鬱明光將王庭籠罩在金輝下，往正宮後面的花庭去，人工開鑿的湖中碧水幽幽，沿著花廊漫步，淡雅的芬芳讓季婉終於舒服了些許。

「嘶，晚上可真冷。」方從熱鬧的地方出來，身上的華麗裙裝皆是軟緞薄紗，不經意的寒涼冷得季婉忍不住瑟縮。

萊麗持著燈才想起傍晚備好的外裳遺在了偏殿裡，忙道：「我這就去給娘子取外裳過來吧，若是著涼了，娘子又得喝那些苦水了。」

季婉本是不想麻煩她，直到聽見喝「苦水」，她就放棄了。

「好吧，我就坐在這處等妳。」

這裡離行宴的宮殿有些距離，四處靜謐極了，萊麗留下手中的燈，還不忘叮囑著季婉：「娘子切莫亂走，這地方夜間少有人來，妳若是迷了路，都找不到人問的，我快去快回。」

季婉笑著應下了。

待萊麗一走，她便在湖畔的石臺上坐了下來，兩側花蔭繁茂遮擋了涼風，簌簌花雨不時飄落，湖面上飛舞著不知名的小昆蟲，與螢火蟲一樣會發光，星星點點頗是美妙。

用手指探了探湖中的水，不見寒涼的溫熱讓季婉忍不住脫了絲履將雙腳浸下去，白嫩的蓮足勾動湖水，將縈繞而來的昆蟲驚得朝她飛來。

落在指尖的一點明光忽閃忽暗，季婉專注逗弄，連身後何時多了一人都不曾察覺。

「妳膽子倒是大，敢一個人待在這裡，可知湖中溺死過多少人？」

毫無預兆的聲音突然響起，季婉嚇得心跳都漏了一拍，手指一抖，那小蟲子也被嚇走了，她氣惱地回頭看著闞首歸，沒好氣地道：「人嚇人，會嚇死人的！」

闞首歸撩唇妖異地笑了笑，似乎就是故意為之，挑起累累花枝稍稍彎腰走了下來，鬢間的金冠勾得花瓣紛飛，落入了半開的繡紋衣襟中。

「方才還誇妳膽子大呢，這般不禁嚇？」

白皙的長指優雅地撚去襟口上的花瓣，看向季婉的碧眸間驟起風波的暗光，是壓抑很久的危險情欲。

季婉這才察覺處境不妙，這地方僻靜又隱蔽，簡直是野合的最佳妙處。只見闞首歸將髮間的王冠隨手扔在了花叢間，季婉就知道他要做什麼了。

「你瘋了！」

她手腳並用地爬起來，也不顧濕漉漉的赤腳踩著花瓣要離去。

闞首歸只長臂一伸就將她抱入了懷中，由著她掙扎低斥，大步走到水邊。

「噓，如此良辰美景……莫要辜負。」

老實講，闞首歸不喜歡身體裡的半漢人血統，除了收集兵法古書，連帶漢家文化也很少涉及，不過自從遇著季婉後，他便開始去學習，顯然他已經能很好地運用了。

「你放……唔！」

兩人一同跌入水中，水花四濺，天旋地轉間，季婉的驚叫被闞首歸用手輕輕捂住了，抱著濕透的她，他含住了她的耳垂撩撥舔弄。

「要小聲些，我不喜歡被旁人打擾。」

季婉被嚇得不輕，心悸地喘息著，一雙美眸快要噴出火了。推開闞首歸湊來的臉，用手擦了擦酥麻的耳垂，溫熱的湖水沒過了肩頭，水壓擠得她呼吸格外不暢，只用腳踩著水底的鵝卵石，才退離了闞首歸半步。

「你要是想泡澡，大可一個人下水！」

生氣的季婉五官上的表情頗是生動有趣，闞首歸握著水中的纖腰攬近，他身材高大，站在水中那湖水也只及腰上幾寸，絲毫沒有半分阻力。

「阿婉就不想試試所謂的『魚水之歡』嗎？」

季婉瞪大了眼，差點腳一滑，望瞭望泱泱湖水，她有點懵。

「你不是說這裡面溺死過人嗎！連這種地方你也有興致？放開我！」

瑩白的玉手捶打上來，闞首歸自胸腔裡震出悶笑，將季婉抱起了幾分，薄唇情不自禁地吻在她緋色的面頰上，玩味道：「這種話妳也信？妳以為人人都如妳這般矮？」

「……」她之前怎麼就沒發現這人也是個毒舌！

「嗯，水溫剛好，有這水滋潤，阿婉會喜歡的。」他一邊說著，一邊伸手探去了季婉的身下，隨著湖水漂浮的裙紗已沒了半分威脅，尋著珍珠如意釦子一扯，便解去了她的褻褲。

「你這個變態！我不要在這裡！」

飄著花香的湖水漸暖，抱著半裸如玉的女兒嬌軀，男人霸道地將她強行困入懷中，漣漪劇烈泛開時，深藏水中的炙硬巨物狠狠頂入，蓬勃地怒張……

他的吻都帶著一股烈酒的灼熱，大掌游走在玲瓏起伏的曲線上，盡情地掌握著她的身體，深吮著她的甘甜，淺嘗著她的無助嬌哼，晃動的粼粼水波中，她的掙扎也漸漸失去了力度。

「唔……放……不要！」

重重水壓圍困，本就發悶的胸口又因為這連綿不絕的吻，弄得季婉幾欲窒息。唇齒間濕潤的吸吮聲羞恥極了，奈何稍稍往下滑去，抵在腿心間的巨物便趁機頂入。

微暖的水中，被戳開的嬌嫩花唇緊緊地吸附在龜頭上，若想往穴口裡去，不是件易事。闞首歸只能一手抬住季婉的臀兒，兩指再探往前穴，將兩側的嫩肉撥開，一手再環住季婉的腰，胯下稍退時，圓碩的大龜頭頂著湖水深入了小蜜洞。

「啊！太大了！」

本是幾不可見的小口，偏偏遇著那比嬰兒拳頭還大的生猛東西，連番進出試探後，終於突破而入。湖水漫入了前壁，陡然的充實感讓季婉慌亂地抓緊了闞首歸的肩頭，透濕的抹胸下玲瓏渾圓正驚惶地起伏著。

「怎麼越來越緊了？是不是覺得很刺激？」

他吻著那輕顫的雪白玉頸，玩味地笑著，微沉的呼吸都漫著幾分舒爽。置入穴口的肉柱緩緩往內抵進，未曾擴張的肉壁又緊又熱，密密實實地擠壓著他，可那過分水嫩之處又如何阻止得了堅硬如鐵的大肉棒？

「嗯啊……不行……嗚！」

不斷地深入填充，一點一點地占據季婉最是柔嫩的敏感，她發慌地用力捶打著他，駭人的粗長巨碩卻悄然加快了速度，就著混雜了湖水的蜜液，直達花蕊重搗。

「好了……乖，進去了。」

男人亢奮地喘息著，占據在那薄嫩的甬道中，極致的爽快讓他幾乎失去理智。安撫著季婉的同時，他已經順著晃動的水波開始了猛烈衝刺。

「啊啊！停，停下！水……呃呃呃水進來了！」季婉尖叫著，雙腿纏在闞首歸的腰間，被他撞得顛簸不住，幽深的細窄腔道微縮，強壯的肉柱正用可怕的速度摩擦、頂弄，漫入花徑中的湖水也越來越多。

黑暗中本是平靜的湖面，此時波瀾驚動，泛著花瓣的湖水圈圈蕩開，靜謐很快就被那難耐的哀婉聲打破了。

入了體內的硬碩滾燙，生生將湖水頂到了深處，再拔出去時，已是膩滑不堪的黏稠了。季婉紅著小臉緊緊皺眉，隨著他用力的撞弄，她懼怕沉入水中又恐慌著即將頂開宮口的快慰。

「當真是別有一番情趣呢，阿婉夾得這麼厲害，很喜歡吧？」

纏綿溫柔的吻在她的頸間耳際不斷挑逗，擠動著湖水而入，疊疊緊膩的穴肉軟得不可思議，顫慄的輕晃震動再到激烈凶猛的操弄，一切動作在水中都變得無聲息刺激。

入骨的癢和充實的脹滿讓季婉攀上了闞首歸的肩頭，熱淚在眼眶中氤氳，張開的雙腿在水中承受著他的搗入，幽幽蜜道裡又是水又是情液，再被那粗大的陽具一填，頭皮都在發麻。

「嗯嗚……」她咬著唇啜泣著嬌喘，在他身上浮動著，情欲如同著湖水一般將她圍困其中，一波接一波的快感從花心裡散開。

「妳說，會不會有人過來呢？」闞首歸故意刺激著季婉，攬著她的腰肢，碧眸中的情欲更濃了。天知曉那蜜洞有多麼緊窒，貫穿進去的肉棒愉悅到了極點。

季婉一緊張膣道便律動收縮異常，加之水壓作祟，小腹間更是敏感萬分，大龜頭頂著濕濡闖入了宮口時，她倉皇地用手捂住了口中媚呼。

看著她捂住呻吟哭泣的樣子，闞首歸緩了緩抽插的速度，抱著她往水中又走了幾分，抬在臀後的手去撫摸著兩人契合的交接處，即使浸泡在水中，那處的黏膩還是異常清晰，遠不同於湖水。

「怕什麼，被人看見又如何？」

輕緩的摩擦很好的將甬道每一處頂得瘙癢火熱，恥辱和欲望層層交織，季婉終是敵不過他給予送入的歡愉，她趴在闞首歸的肩上，捂不住的浪叫淫媚漸漸明晰。

「呃呃呃！啊……難受……嗚嗚！」

霸蠻的操弄、極端的充實、野合的緊張讓生理上產生的快感形成了電流，散發蔓延，待他更重的搗擊而入時，這股從體內驟起的難以言喻的美妙，變成了激烈的欲浪。

湖水漫過了胸前，季婉再次感受到了窒息的恐慌，她死死抓緊了闞首歸，而那男人卻鬆開了她腰間的掌控，只用肉棒貫穿著她的重心。

「不想墜入水裡，就抱緊我，讓我插得更深些。」

頂撞的運動讓浸泡在水中的嬌軀格外敏感，帶著湖水和黏膩情液進出在蜜洞中的肉柱，粗長地直入宮頸，要命的刺激衝擊著季婉的大腦，肉冠磨動剮蹭著薄嫩的宮壁往外扯出時，她環在闞首歸頸間的雙手顫得差些握不住。

「唔啊啊！別、別進了……嗚嗯……真的不行了！呃呃！」

不成聲的哀婉嬌啼並沒讓男人停下，螢火點點的湖面漣漪越發劇烈，即使置身水中，他也有的是法子折磨季婉。胯下的顛動進入狂猛肆意，炙熱寬闊的胸膛更是享受著少女胸前晃動的瑩軟。

「插得越深，阿婉就吸得越緊，妳這般吸著，我越發不想出去了。」

他親吻著她發燙的緋紅面容，上面流淌著情欲的熱淚，獨獨不去堵著那張嫣紅的唇，刻意用力道將她的嗚咽撞得淫蕩不堪。

可怕的緊實、充滿，一次一次的頂在宮頸中，摩擦著、抽動著，將花心深處貫穿到極點。害怕墜入水中，季婉本能地將雙腿緊纏在闞首歸腰上，如此卻更加貼合了兩人相連的地方，她顫慄地仰面流淚，難以承受硬碩撞入的快感。

「啊哈！阿、阿努斯……嗚嗚！」

他插得太深了，脹得她肚子發酸發癢地難受，雙腿顫搐著纏得越來越緊，直將那股刺激電流逼往各處。

闞首歸呼吸明顯一窒，接著便粗暴起來，大掌控住水中的纖腰，奮力地將胯下的熗熱陽具送入她的體內，濕熱的緊密連同那聲聲哭喊，誘得他嘶聲沉沉：「阿婉、阿婉……妳是我的！」

新奇而又淫邪的交媾方式和地點，無疑讓這場肉欲的纏綿變得刺激異常。

狂入的操動下，季婉暈眩欲絕，扣在他肩頭的芊芊素指都泛白了，雪般白皙的手背上水珠滑落，幾絲青色的血脈若隱若現。

「呃呃……唔……」紅唇間逸出的低吟都帶著媚意。

無邊的暢快並未讓闞首歸失去意識，反而更加清晰地感受著女人體內的每一處神祕，滲著情液的嫩肉擁擠而緊實，插往深處的龜頭開疆擴土般頂弄著滾燙的肉壁，顫慄的纏繞快感推疊而上。

「快了，就快到了，阿婉乖，馬上就能讓妳舒服哭的。」

高潮即將來臨，他抱著她往湖邊走去，脫去中褲的男性雙腿修長筆直，邁動在水中也毫無阻攔，一挺一抽中，懷裡濕透的嬌軟玉體輕微顫動著。

臨近淺水的湖畔水壓弱去，腹下的痠脹酥麻卻不曾淡去半分，季婉咬緊牙根，緊皺的眉間寫滿痛苦，滿是水澤的蜜洞拚命夾著壯碩的肉柱，就要溺斃在他給予的洶湧歡愉中。

「啊啊！」

最後的百來下重搗狠而快速，次次都戳弄在最薄弱的敏感處上，鋪天蓋地的激烈爽快遍襲周身，生生將致命的熱浪頂到了極端。

懷中的馨香女體已然癱軟，吻著那張急促喘息的紅唇，闞首歸按住了季婉發抖的臀兒，不曾分離的交合深處正噴湧著他的精水。

「怎麼又暈了？」

將失去意識的季婉放在石臺上，闞首歸頗是無奈，自花穴內拔出陽具時，就著月光依稀能看見紅腫的嫩縫間，溢出大股的濁液來，他掏出了懷中浸濕的絹帕替她清理著。

忽然，似是察覺到了什麼，他撩下了季婉濕透的裙紗，遮住了瑩白的腿，幽冷冽地看向了湖畔某一處，晃動的花架下一團黑暗，掠過的一角白袍很快就消失了。

闞首歸冷冷勾唇，俊美面龐上透著晦暗不明的神情。

第二十八章

經過湖中的一番交合，不同於饜足後神清氣爽的男人，季婉是苦不堪言，腰痠手疼，每走動一步雙腿便抖得厲害，坐下時，摩擦過度的私處更是難以言喻地癢。

闞平昌扶住了季婉，饒是她還未婚，也明瞭這狀態背後隱藏的意含，忍不住嬉笑道：「王兄可真是半點不憐惜人，把美人兒都折磨成什麼樣子了。」

「平昌！」季婉紅了臉，滿腦子都是闞首歸滾燙的壯實肌膚和緊繃的碩大，以及那掙不脫的抵死纏繞。

「嘖嘖，我不過就說說嘛，嫂子還害羞了？同我說說，那檔子事是不是很暢快？」

她說完也沒準備等季婉回覆，便起身跑開了。

季婉去追，卻在遊廊的轉角處和一人撞了滿懷，即將摔倒之時，還是闞義成眼疾手快，一把將她拽入了懷中，才險險沒有跌下廊臺。

「沒、沒事吧？」

方才那一下，兩人都被撞得不輕，季婉的頭正巧頂在了闞義成胸前，那怦然跳動的地方一陣心悸，握著掌中盈盈纖腰，竟有幾分捨不得鬆開。

直待季婉緩過了暈眩，才看清四下，慌亂地從闞義成懷中退開，便對上了旁側阿依娜公主惡狠狠的瞪視。

「這不是阿努斯無名無份的侍妾嗎？」

阿依娜有意折辱季婉，一想到闞首歸夜宴時對她的冷漠，她便氣得牙癢癢。反觀這不知來歷的季婉，卻輕而易舉得到了闞首歸的一切溫柔，那是她窮極半生都不曾得到的。

「請公主慎言。」

還不等季婉說話，闞義成便率先斥了阿依娜，微涼的目光透著幾分不悅，掠過時竟讓阿依娜一時有些發怯，一雙明豔的美目頗是愕然。

「我……」染滿嫣紅的五指攥著金紗繡春菊的披帛，阿依娜再是忍不住了，出奇憤怒：「好啊，連你也護著她！闞義成，不要忘了你昨晚答應了我什麼！」

後面的那句話，不知是有意還是無意，用的是高昌語，站在旁側的季婉只聽了個大概，卻不知其意。不過她對別人的事情並不太上心，直接選擇了默默離去。

身後傳來闞義成急促的呼喚，季婉也不曾停下，反而加快了腳步。

不知因何，她總覺得闞義成和初見時的他越來越不一樣了……

季婉急著去找闞平昌，才一轉眼，就不知道那丫頭跑去了哪裡。她朝著兩人常去的地方走，只見闞首歸的侍衛長賽爾欽在不遠處，她正要喊住他，卻發現賽爾欽拔出了手中的匕首，朝庭院中的帷帳後悄然走去。

這是要做什麼？季婉皺眉地跟了上去，臨近時，下意識躲在了藤架下。

只見賽爾欽拿著匕首，高高舉起寒光微晃，蹲在地上的人渾然不知殺身之禍，匕首往背部刺去的剎那，情急之下季婉出聲了：「住手！」

蹲在地上戳著螞蟻窩的木頭驀然轉身，見有人拿著匕首對準了他，卻傻得不知其意，反而看著急匆匆跑來的季婉癡癡笑，舉著樹杈拽住了季婉的裙襬。

「蟲蟲！蟲蟲！嘿嘿……」

季婉無暇顧及他，又怕賽爾欽再度揮刀，便閃身擋在了木頭前面，看著一臉冰霜的侍衛長，凜然清聲道：「闞首歸讓你來的？」

面對季婉這個半路殺出的程咬金，賽爾欽選擇了無視，恭敬地行了一禮，就拿著匕首離開了，好似那驚險的一幕不曾發生般。

「婆娘……蟲蟲！」木頭不小心將螞蟻弄在了季婉的裙子上，無措地用那沾滿泥土的手拍打著，生生將季婉雪紗的華裙弄得一片汙穢。

季婉用力抽出了裙紗轉身看他，微抿著紅唇思量，瀲灩的眸中不乏打量的意味。

「你若是假傻，便早些離開吧。平昌過於單純，待你是用了真心的，若是有朝一日知曉你騙她……」後面的話，她不欲再說，散著花息的熱風悶的她心頭難受。

蹲坐在地上的男人，似乎沒聽懂她的話，轉身又去戳弄那崩塌的螞蟻窩了，兩指撚著小小的黑蟻，一邊傻笑一邊搓成了渣渣。

話已至此，多說只是無益。

「別這麼捏它們，好歹也是生命。」

傻笑的男人指尖微頓。

找不到闞平昌，季婉不曾回住處，直接改去了闞首歸的正殿。穿過樹蔭遮蔽的金光廊道，大殿就在不遠處，這是她第二次來這裡。

一入了大殿，陰涼便驅除了身上的暑氣，撚過頭紗將裸露的手臂遮擋，不至於冷得令她發顫，越過種了水蓮的金池，果見闞首歸在上面的席間。

「過來坐。」

拿著卷軸的男人並沒有抬眼，一手持筆正在寫著什麼，嵌著紅寶石的王冠微斜，濃密的淺短卷髮在飽滿的額前掠過陰翳，妖異的深目難得沉浸在正色中。

看看那華麗的長氈，再看看自己弄髒的裙襬，季婉並沒有過去坐，加之對這個地方有些心理陰影，她只皺眉問道：「為何讓侍衛長去殺木頭？」

大殿中一片寂靜，靜到能聽見廊下飛鷹撲閃翅膀的響動。

修長而白皙的手指拿著翡翠筆桿又刷刷寫下了兩行字，俊顏上一片平靜，冷沉說道：「此人不除，日後必是大患。」

他篤定的語氣讓季婉心頭一窒，忍不住追問：「你查出他的身分了？」

木頭的身分不簡單，這是季婉之前就能確定的事。

從很多方面而言，哪怕是那人已經傻了，也能看出他諸多方面和闞首歸極為相似，那是上位者才能有的本質。

「不曾，但是他必須死。」本能促使了自己對木頭的殺意，這個查不清來歷的男人，第一次讓他內心有了危機感。

很多年後，闞首歸才知道這樣的危機感是什麼意思，那是命運安排的宿敵，要戰之生死的。

「你就這樣讓賽爾欽殺了他，可有想過平昌？她會難過的。」

闞首歸放下了卷軸，連帶沾著朱砂的筆也擱了下去，陰沉的目光掃過季婉沾染黃沙的裙襬，微透殺意的碧眸瞇了瞇，緩緩說道：「既如此，更不能讓他活著了。」

「你——」

正要踏入殿中的闞平昌也聽見了這句話，驚愕地捂著嘴小心翼翼地藏在了外面，閃爍的明眸間泛起了淚光，她明明就同王兄說過，她要留下木頭做丈夫的！

「不可以！王兄你不能殺他！我喜歡他！你若是要殺他，就連我也殺了吧！」

驟然出現在大殿外的闞平昌憤然一吼，決絕地轉身跑走了。

季婉當即追了去，強忍著一身的不適，幸而總算追上了。

「平昌平昌！妳冷靜一點！」

隨著闞平昌跌坐在石臺上，季婉往後面看了看，闞首歸並沒有追來。

「婉姐姐，我喜歡木頭，哪怕他是傻的，我也喜歡。我明明同王兄說了，我要讓他做丈夫的，他怎麼能殺他呢！」哭紅了眼的闞平昌用手捂著胸口，大口大口的吸氣，明豔嬌媚的面容上滿是不可置信。

季婉被她抓得手腕生疼，卻仍忍痛替她擦淚，輕聲說道：「平昌，我雖然也不能苟同妳王兄的做法，但是木頭遠沒妳所想的那般簡單。妳知道他的來歷嗎？妳清楚他的過去嗎？或者，他是不是真的傻了，都是個未知數。」

這些話並不該由季婉來說的，可是自從來到這個陌生的時空，闞平昌就像親妹妹一樣對她好，所以自己也捨不得讓她受到傷害，還不如早些挑明。

闞平昌抬眸，閃動的水光中滿是難過，她以為季婉會幫她的……

「喜歡一個人為何要去在意他的過去和來歷？我只知道，我是喜歡他的，哪怕他是裝傻，我也喜歡這個人……我不想讓他離開，更不想讓他死掉！」

「就算如此，妳能確定木頭也喜歡妳嗎？若非兩情相悅，就算留下他，又有什麼用？」

腕間緊扣的五指緩緩地失去了力道，留下的瘀痕卻讓季婉隱隱作痛，這樣的境地她是最清楚不過了。

「就像妳和王兄嗎？我知道妳不愛王兄，卻只能被他鎖在這裡，婉姐姐妳恨他嗎？」

闞平昌迫切地想知道答案，猛力搖晃著季婉的手臂。

恨嗎？季婉不知道，但總歸不會是愛。

這個奢靡輝煌的王庭對她而言一直都是樊籠，束縛著她的一切，哪怕闞首歸口口聲聲說著喜愛，要將一切都給她，但這些都不是她想要的。

她只想回家，回到父母身邊……

「我……平昌，讓木頭走吧，若是不想讓他死，就早點送他離開。」

闞平昌的面色瞬間灰敗，無助地投入了季婉懷中，顫抖的長長眼睫下滿是熱淚：「可是我真的捨不得……他不是高昌人，一旦離開了，我怕這輩子都見不到他了。」

輕撫著她抽泣而顫慄的後背，季婉不知道以後，唯一能確定的只有當下。

「平昌，妳留不住他的。」

有些人，註定是人生中的過客，擦肩一次便再也不會相遇；有些人，生來就註定相識乃至相纏，或喜或悲，一生糾結。

又是一夜璀璨銀河，躺在高臺的長氈上，季婉仰望著星空癡癡入神，思念著父母，思念著朋友，又或是思念著以前的一切。

闞首歸踩著錦氈走來，嵌著寶石的袍角簌簌作響，躺在季婉身側的那刻，看著滿空繁星，目中的陰冷微聚。

「妳總是喜歡這些虛無縹緲的東西，她也是。」

季婉側目看去，凝視繁星的男人不曾轉過頭，鬼斧神工的側顏惑人，她卻按捺不住心中的猜疑：「你的母親？」

若是沒記錯，上次在這個地方他也提過他的母親，口氣不太和善。

闞首歸用食指在空中畫了一個無形的符號，在季婉用心辨識時，冷冷出聲：「她是柔然大公的貴女，十四歲那年愛上了下葉城主的兒子，即使明知那個男人只是貪圖她的身分和地位，她還是嫁給了他。妳知道他是誰吧？」他嘲諷地笑著，轉頭看來時，狹長的碧瞳裡滿是黯然悲涼。

季婉皺眉，若是沒猜錯，那個下葉城主的兒子應當便是闞伯周了。若非娶了柔然大公的女兒，他又怎麼能輕而易舉接下高昌之地？柔然又怎會助他為王？

「後來呢？」

她突然很想知道，死於十八年前的女人究竟經歷了什麼。

「她助他成王，為他搏命生子，得到了很多，卻始終得不到他的愛，她日日夜夜等待著早已背叛她的丈夫，直到死時，她的願望都沒有實現。」

飄渺的銀河朦朧，寂靜中，闞首歸似乎又回到了那些可笑的過往。

他會回來的，會想起我的愛。

闞首歸打碎了鏡子，女人發瘋般將他壓在地上，死死扼住他的脖子。她已經只剩軀殼了，空洞的眼睛駭人可怕，那面破碎的鏡子裡有她渴望的東西，現在卻被他打碎了！

我要殺了你！我的鏡子……沒有鏡子，他不會回來了！

很快，女人似乎想起了什麼，將差點窒息的他抱在懷中，一邊哭一邊笑。

你是我的兒子，是我和他生的，他是愛我的。

漫長等待的歲月裡，女人很少時候是正常的。平靜時的她，會溫柔地告訴他夫妻要互為忠貞；發瘋時的她，只會灌輸他更多瘋狂的念頭。

得不到就要去搶，搶到了就要鎖住。

偏偏沒教他怎麼去愛、去心疼……

第二十九章

自始至終，鬫伯周只愛另一個女人。

或許報應是輪迴的，那個女人對他的愛也是不屑一顧，哪怕是因是鎖，在為他生下次子後，不過幾年便鬱鬱而終了。

早在鬫首歸的母親去世後，鬫伯周因為懼怕柔然，再度聘娶繼妃，新嫁而來的阿卓哈拉大妃從血緣而論，算是鬫首歸的姨母，待鬫首歸自然如親出般，以至於鬫首歸再是心冷，對鬫平昌和其他的兄妹特別不同。

「你若真是為平昌著想，自然也不願意看見她傷心吧？那人現在只是個傻子，送走便是，何必殺他呢？」

鬫首歸勾唇，笑容森冷凌厲，側目看向季婉，長臂一伸就將她拽入了懷中，扣著纖腰便讓她坐在自己腿上。

「阿婉就這麼不願讓我殺他？或許有朝一日，這個傻子會殺了我呢。」

這樣女上男下的坐姿頗是詭異，季婉掙扎著要下去，鬫首歸偏不許，捏在腰間的手看似輕柔，卻難以掙脫。

「你如此篤定他會殺你？難道你能預知後事？」季婉奮力推搡著腰間桎梏的雙手，剛對他升起的同情心就這麼沒了，隔著薄紗，那掌心的滾燙讓她格外不適。

闞首歸漫不經心揉磨著她的腰心，纖軟若無骨的小蠻細得他手中力道鬆了又鬆，深呼吸一口氣，裡面散著屬於季婉的淡淡馨香。

「男人的直覺就是這樣告訴我的。」

季婉身形微晃，沒想到闞首歸也會說這樣的話。

「他雖傻，模樣卻生得不錯，阿婉莫不是也看上了那張臉？」陰陽怪氣的口吻像是在醋罈子裡泡開了一般，冷沉又促狹。

「你——」

不待季婉說完，闞首歸猛然坐起，勒著她的腰便往殿中走去。捏著她亂揮的白嫩柔荑，再聽那腳間慌亂的鈴聲，他笑得邪肆又滿足。

「放我下來！啊！」

錦衾下是柔軟的羽絨，季婉被拋上去只片刻懵暈並無疼痛，可再想起身時，自後面壓來的男人便將她鎮壓在了床間。墜著流蘇的華麗帷幔輕晃，強大的軀體溫度驟升，如烈焰般將她緊緊包裹。

「不要……唔！」她趴在凌亂的錦綢中嬌促抗拒，後頸密實的吻已經轉移到了臉上。

他身量高大，將她圍困其中，又能輕而易舉地吻著她，霸道又強勢。

細軟的粉舌生嫩，被他以蠻力吸吮，濡濕的淫靡聲一觸即發，粗舌舔過上顎又滑過她的貝齒，堵住她的低吟難受，一面揉弄著她微微發抖的身子，一邊用自己的身體緊貼著她。

季婉被吻得暈眩，口鼻間都是男人渡來的氣息，不至於讓她窒息在這綿長的吻中，她惶惶掙扎卻找不到重心，緋紅如桃花的面容因為檀口被攪到疼疼而難受得五官輕扭。

「阿婉、阿婉……」從她口中退出後，他迷戀地一聲又一聲呼喚著她，齒間的餘涎充滿異樣甘甜，摩挲著她微腫的鮮美櫻唇，他開始用舌尖去挑逗她的耳畔，「下面還難受嗎？」

昨夜水中的瘋狂差些弄傷了她，今早他想查看，卻被她一腳踹開。

季婉被他死壓著，躲過了可怕的吻，卻躲不過他亂吻的唇。

挑開豐美的長髮，他撕扯開了軟緞的小衣，唇齒親吻在光裸的香肩美背上，縈繞的灼息越發滾燙危險。

「疼！還疼著呢，今天不可以……」

闞首歸用膝蓋頂入了她的雙腿間，時重時輕地淫邪磨碾，讓本就散著溫熱的私密處漸漸發燙濕潤起來，她想合攏雙腿已是不可能。

「阿婉又騙我。」

「沒有！放開我……嗯！」季婉被他頂得雙股顫顫，才掙扎起身，沒了遮蔽的胸前便被闞首歸用大手罩住了。

修長的五指用力捏著瑩白的肉團，指腹按壓著微硬乳尖重重蹂躪，又疼又癢的難耐直衝季婉心頭，紅唇中不住逸出的呻吟哀婉酥媚，撩得闞首歸越壓越沉，恨不得將這細弱的小身子都揉進身體裡去。

「可不可以，要看看才知道。」他咬住她薄粉的耳垂輕舔，餘下的大掌滑過纖軟的腰身摸向她的臀後，膝蓋甫一撤離，大手便將褻褲一併扯到了腿間。

「啊！」猝然的涼意卷席腿心，季婉驚呼嬌喘。

可不可以又何須去看，闞首歸只用手在她腿間撩了一把，溫膩的濕潤讓他面上妖冶的笑意加深，五指摩挲著細嫩的陰戶，來回輕搓幾許，更濕了。

體液的泛溢讓季婉羞恥不已，將臉埋在錦衾中，還夾緊了腿。

收手的闞首歸見她如此，便將手間的黏稠抹在了錦綢上，淡淡的淫靡中還散著藥膏的芬芳。

「濕成這樣，想來是可以的。」

他的戲謔讓季婉徹底失去了抵抗，身體反應不是她能控制的，縱然雙腿夾得再緊，可是被男人揉過的細縫裡，灼癢難耐正在加劇。

繃緊的玉腿被再度分開，壓在身上的男人不曾起來，他用最快的速度將兩人變成了精光赤裸，肌膚相親的貼合讓空氣中的熱流越發迷離。

腫脹的巨柱已經抵上來了，飽含蜜汁的花肉在緊張地顫慄，龜頭緩緩得磨碾，一時間讓人根本捉摸不透它會在何時闖入……

「阿婉，我要插進去了。」

高大的身形以占有姿勢將季婉緊緊壓在下面，闞首歸用手扣住她緊張而發顫的柔荑，交錯之際，玉門花溪被巨碩緩緩頂開了。

「唔！」

下半身的力道正往她的體內送入，耳畔的喘息猝然加重，濡濕的熱吻急烈纏繞，直叫季婉心亂如麻。她想掙扎，雙腿卻被男人用膝蓋頂開，只能乖乖由著他沉腰進入。

「進去了。」

前穴的肉褶凹凸微硬，龜頭方陷入，兩端的嫩肉軟便狠狠擠壓上去，越是往裡去，越是層出不窮的細滑緊密。縮弄的蠕動花肉顫顫，夾得闞首歸血脈賁張，情不自禁張口咬住季婉豔嬈的後頸，控制著即將失衡的理智。

「慢點……嗚嗯，你慢點……」

季婉仰著臉，柳眉皺得死緊，水光瀲灩的眸中盡是承受不住的難耐，不斷插進的異物凶猛粗碩地撐滿了大半個蜜洞，下意識想要顫動的肉壁，也因為極端的填塞而無能為力。

精緻的鎖骨下是起伏不定的雪白胸脯，男人的另一隻大掌不曾離去，直捏得一端椒乳緋紅如蜜桃般發脹。

較之敏感的後頸被男人又咬又吸，周身酥癢的季婉忍不住發出了貓兒般嬌軟的嗚咽聲，驀地春情盎然，增添了帳中淫亂。

「停下嗚……別頂那裡，啊！太多了！」

陽具摩擦著泌水的膣道一路挺進深處，藏在內裡的花蕊嬌嫩美妙，尤其是生在宮口的一團肉兒滾燙且淫膩，渾圓的龜頭往上一頂一搗，身下女子便是一陣顫洞，連帶那套住肉棒的花壺都震縮起來。

密實的吸吮夾弄讓闞首歸銷魂難言。

「放鬆些，我會慢慢地插。妳夾得這麼緊，我會瘋的。」

腹下一股痠澀灼癢在盤踞，隨著男人肉柱往穴口撤去，旋起的青筋肉身摩擦著內壁，產生了一種癢癢麻麻的電流，從陰核處衝上腹間，再混雜著生理本能湧上心頭和大腦。

「啊！」

這一聲驚呼淫媚而清囀，隨著身下熱流橫溢的羞恥而變得騷亂起來。

男人的喘息越發粗重，強悍的雙胯緩緩離開女人渾圓嬌粉的小屁股，拽著穴肉而出的肉棒已經膨脹到極度駭人的狀態，紅紫而猙獰，沾染著幾縷白灼泛著膩滑水光，在半空中只停留幾秒的時間。

「我要再進去了！」

話音未落，精壯的窄腰再度壓了上來，動作迅猛而粗暴，完美的肌肉線條一繃，碩大再次進入了溫熱的蜜洞中。

身下的季婉被撞得浪叫不住，闞首歸卻一個勁地將兩人下身緊緊契合，暢快地低吟著，彷彿將一切都塞入她的體內。

後入體位很大程度加劇了敏感快感，連帶那狠狠的肏入輕而易舉就撞開了宮口。

「嗚嗚！插得太深了……你出去些，啊啊！」季婉被弄哭了，龐大無比的陽柱又硬又燙，撐滿了花徑，唯一能動的手猝然抓緊了錦衾，可是在闞首歸更凶殘的連番操動下，她連抓住東西的力氣都沒了，失聲哭泣著。

啪啪啪！

「才剛開始就哭成這樣，看來今晚阿婉要哭好久了。」

壓著嬌軟的女體，闞首歸迅速抬腰挺腹，在少女嬌小緊窄的蜜道裡大進大出，水潤的拍擊聲連綿不斷。

男性的陽具過分粗長，強行挺進抽動，腫脹未消的肉穴怎受得了，乍起的酥麻中還有一絲生疼。只是隨著那肆無忌怠的凶猛律動，那股疼意很快就消失了，隨之而來便是重力撞擊的快感，另季婉下身淫液噴湧，眼淚直落。

「呃呃呃！不行……呀……唔唔！闞、闞首歸……別進了……呃呃！」趴在床間的她可憐極了，哭得梨花帶雨，隨著男人的挺動而前後搖晃，小手奮力拍打著錦衾，口中哭喊也變得細碎混亂。

巨棒充滿了柔嫩的幽深陰道，失去控制地摩擦抽插，將鑽心刻骨的癢傳遍了女體。

「阿婉不讓進，我偏要進。哭得這麼厲害，是不是撞得妳很舒服？噓……小聲些，聽聽妳下面的小嘴是怎麼叫的，多好聽。」

應接不暇的律動聲迴盪在帳幔中，很快便隨著蜜液外洩的淫靡氣息傳遍了寢殿。

闞首歸愉快地衝刺著，頂得季婉快哭不出聲了，張著嘴咿咿呀呀地被快感不斷刺激，那身下膩滑的水聲越來越響，全根盡入體內，撐得她眼前一片昏暗。

「好濕了，床上都是阿婉的水，再多流些出來，這味道很香。」

那獨特美妙的緊窄裹的肉棒密密實實，稍稍一退一插，便擠得花肉淫水四濺。力度再大些時，闞首歸甚至能感受到熱液噴在腿間，空氣中都是濕濕膩膩的淫味，以至於忽略了季婉那些口是心非的哭喊，專挑了敏感的地方搗弄。

「啊啊！」

入骨的銷魂震顫了心神，沸騰地躁動，在緊密契合中找尋著極樂。

第三十章

這一夜又是不眠不休，季婉被闞首歸換著姿勢連連折騰，好幾次暈了過去又被做醒，再哭著暈過去。

大抵是提起了不為人知的過往，闞首歸亢奮之餘更多的是粗猛。

季婉醒來已是午後了，睜開痠澀的眼，只見層疊的紗幔旁坐著一人，一語不發，似已入定。

「平昌？」

「婉姐姐，他果然是在裝傻，他一直在騙我們……」聽見季婉的聲音，闞平昌不曾動，坐在新鋪的錦衾上，黯然地低著頭，攥緊了手心的流蘇墜子。

透著幾分哭意的聲音讓季婉清醒了幾分，抱著薄毯緩緩坐起身。

認識闞平昌以來，她一貫開朗愛笑，何曾有過今日這般傷神難過？顯然她對木頭的用心，比自己想得還深。

「既然知道了，妳打算怎麼辦？」

闞平昌擦了擦臉上的淚，塗了口脂的唇抖動良久：「我明知他不喜歡我，甚至騙我，我卻還是好喜歡他，想留住他，他……還是說要走。」

她側身過來，微紅的眼眶裡滿是哀傷和不解，這樣的眼神讓季婉無奈搖頭。

「傻丫頭，他既要走，妳是留不住的。而且這事若是被妳王兄知曉了，他怕是再也不能活著離開高昌了。」

「我自然明白，所以我打算送他離開。他不喜歡我也無所謂，只要他能平安就行。」闞平昌露出了一種落寞而堅定的笑，接著她握住了季婉的手，說出了再三思量後的決定：「婉姐姐，妳也走吧。」

季婉微怔，顯然還沒反應過來。

「我知道妳不喜歡王兄，木頭說一輩子待在不愛的人身邊，只會加深彼此的痛苦。王兄性子孤傲，行事又過於霸道，我看得出他是真的喜歡妳，竭盡所能地給妳一切……如果可以，我是真心希望你們能在一起，可是婉姐姐，妳你從來沒有真正的笑過……」

縱然闞首歸做得再多再好，闞平昌卻從未在季婉臉上看到那種稱之為幸福的笑。

「平昌……」

季婉捂住了嘴，眼角濕潤，怎麼也沒想到闞平昌會說出這些話來，她向來最是崇拜敬畏她的大王兄了，能為自己這般著想，季婉又是感動又是慶幸，慶幸在這個時空還能遇到這樣的朋友。

「婉姐姐妳別哭，其實我也很糾結的……送走妳，王兄一定會發瘋的，可是我真的很喜歡妳，我不想看到妳一直不快樂，只能對不起王兄了。」

在確定季婉是真的想離開後，闞平昌最後的猶豫也徹底沒了。

「說什麼呢，怎麼都哭了？」闞首歸來得悄無聲息，床上兩人一個是哭過了，一個是正在哭，碧色的眸子微瞇，頗是探究地沉沉一笑。

闞平昌最先站了起來，擋在季婉前面故作輕鬆地道：「撿了些本子上的故事說，王兄也知道，我跟婉姐姐都是心軟的，難免感動落淚嘛。」

闞首歸似乎是信了，步履沉穩地走上前，身上穿了王子的正裝，繡著圖騰徽章的王袍繁複肅穆，偏向中原風的外袍寬大華麗，更顯得峻拔英挺的身姿霸氣斐然。

越過闞平昌，他在床頭坐下，將季婉攬入了臂間。

「什麼故事至於哭成這樣？」

微涼的指腹替季婉輕柔擦拭著粉頰上的濕潤，末了還玩味地戳了戳她秀氣的鼻頭，拉起落下的薄毯一角，遮擋住了她鎖骨下的瑩白肌膚。

縈繞的冷冽讓季婉不敢看他的眼睛，怕被闞首歸瞧出什麼來，垂著眸推了推他貼來的胸膛：「平昌還在呢，我要更衣了。」

「嗯，更衣吧，還有重要的事呢。」他淡淡說著，目間餘光卻睨向了身側的闞平昌，那明顯的心虛又怎能逃過他的眼睛。

他不曾挑明，只是放開懷中的季婉起身時，薄唇蔓延的昳麗弧度多了一絲陰厲。

季婉努力壓下內心的緊張，見闞首歸負手不動，心裡透著一股慌張。

「你快出去吧，讓平昌幫我就可以了。」

「對對，王兄你先出去，我們一會兒就好。」

午後的寢殿空氣有些悶熱，對上闞首歸幽暗的眼神，闞平昌額間熱汗不住滲落。王兄的可怕之處她最清楚不過，一旦被看出破綻，再想送走季婉怕是比登天還難。

就在兩人心驚膽顫之時，闞首歸意味不明地笑了，伸手揉了揉闞平昌的頭，倨傲俊美的眉宇間說不出的寵溺：「猶記得小時候巴菲雅曾說，怕王兄娶妻後就不理妳了，所以要討厭未來的王嫂，王兄還一直擔憂著，看來是王兄多慮了。」

一股寒涼從闞平昌後背掠起，她總覺得王兄話中有話……不過現在也只能裝傻了。

「唉唷，婉姐姐這麼好，我怎麼會討厭呢。」

「既如此，我便放心了，早些出來吧，外頭送了喜果來。」

「喜果？」

季婉同闞平昌俱是一驚，高昌的習俗，男女訂婚才會送喜果的。

平昌看了看一臉高深莫測的王兄，又看了看床上同是不解的季婉，然後訝然：「王兄，父王答應你和婉姐姐的婚事了？」

若說闞伯周應允闞首歸娶季婉，自然不可能，訂婚的另有他人。

季婉萬萬沒想到，訂婚的會是闞義成和阿依娜，畢竟那位公主夜宴時，對闞首歸表現得十分執著。

倒是闞平昌頗為興奮，拋玩著手中的喜果，笑得彎了腰，好不容易才緩過氣來。

「哈哈，闞義成竟然要娶那個女人，他可真是勇氣可嘉！」

據聞闞平昌早先曾訂過親，奈何那位貴族公子一見到阿依娜便丟了魂，兩人廝混過後，婚事便被震怒的阿卓哈拉王妃取消了，而闞平昌和阿依娜的關係也勢同水火——因為另有傳聞，阿依娜刻意勾引了她的未婚夫。

垂眸看著碟中的喜果，季婉面色淡淡，不經意想起了那場藍花楹雨下的錦衣少年，幽幽嘆了一口氣，總是有些惋惜。

「在想什麼？」男人的聲音隱約地透出一絲涼意。

季婉後知後覺地抬頭，才發現闞首歸正在看她，看得她有些悚然不安，忙搖了搖頭：「沒，只是覺得很好，畢竟王子配公主嘛。」

「是嗎？」闞首歸遽然勾唇，深邃碧綠的瞳中參雜了濃厚笑意，牽起季婉發涼的手在掌中捏了捏，說道：「公主又如何。」

他只想配她。

那倨傲的口吻讓季婉心中一悸，避開闞首歸的注視，看向了旁側的闞平昌，那丫頭臉上燦爛的笑意也沒了。

西陲的國度中，烏夷國的阿依娜公主豔名遠播，常有王孫貴公子為她爭風吃醋，而今與闞義成訂下婚約，自然少不了隆重告之。

於是，王庭又迎來了一場繁華夜宴。

上午闞首歸便被人請走了，闞平昌則在正宮隨阿卓哈拉王妃款待貴族夫人們，傳了口信過來，讓季婉早些時候過去。

「娘子戴這個吧，可美了。」萊麗小心翼翼地將嵌著紅寶石的梨花形鏈子戴在季婉額間，輕輕擺弄頭紗，但見鏡中美人玉肌花貌，韶顏相宜。

季婉還不曾正式成親，所以不用挽高髻戴華冠，豐美的烏髮用金線編織成長長的辮子垂在背後就可以了。萊麗又選了一條珍珠項鍊替她戴上，眼看她又在挑戒指，季婉坐不住了。

「萊麗，不用戴這麼多東西了，我會累死的。」兩隻手腕上又是臂釧又是金鐲，本來就很重了，她說什麼都不想再加東西了。

「可是那些夫人們都要戴這些呀，娘子若是不用，她們會笑話的。」萊麗委屈地眨著眼道。

最是心軟的季婉，只能敗下陣來，耷拉著肩頭伸出了右手食指，甕聲說道：「好吧，只許戴一個。」

去正宮的路上，萊麗不停和季婉說著近來的趣事，季婉待她本就如妹妹般，使得小丫頭說話也口無遮攔起來，只管將聽見的一股腦告知。

「聽聞昨夜阿依娜公主宿在二王子殿中，兩人……」

也不待她說完，季婉便用手中的雪柳花豎在了唇角，示意她不必再說：「妳這都是從何聽來的？以後莫要跟風再傳了。」

再說阿依娜和闞義成，本就訂下婚約，又有何好傳言的。

萊麗還想說什麼，卻在看見季婉身後的人時，驀然驚怔著低下了頭，怯怯地躲了起來。

季婉遲疑地轉過身，便看見站在兩尺之近的闞義成，他的臉色不太好，目光沉沉地看著她身後的萊麗，想來是聽見了方才的話。

「我有話想單獨和妳說，可以嗎？」

季婉思量過後，點了點頭，小聲地對後面的萊麗說道：「妳先去旁邊等著吧。」

萊麗一走，靜謐的苑中就剩下了兩人。

闞義成幾步走上前，卻又遲遲不出聲。季婉只能尷尬地笑笑：「真巧，沒想到在這裡遇著。對了，恭喜……」

「不巧，我一直在這裡等妳。」也不等她話說完，溫潤的少年便打斷了她。

季婉微愣，才驚覺兩人站得太近了，她不著聲色地往後退了退，闞義成卻像是受到了什麼打擊，一把擒住了她的手腕。

「我和她沒有那種關係！」

「嗯？」

「我和她沒有幹過那種事！」她莫名不解的神情更加刺激了他，最後的話幾乎是用吼的。

這會兒的闞義成又怒又急，掐得季婉手骨生疼，溫雅的少年像是露出了獠牙的猛獸，嚇得季婉奮力地想掙脫。

「這和我有什麼關係？你先鬆手！」

闞義成不僅沒放開，反而逼更近了。墨色的眼瞳中迸發出火光，一手又扣住了季婉輕紗遮擋的肩頭，憤然道：「我和她只是各取所需而已，才不是妳跟王兄那樣不清不白、下賤！」

「你說什麼？」

季婉不可置信地看著他，而盛怒中的少年顯然已經失去了理智，他一把將季婉推到了地上，不顧她吃痛地驚呼，繼續說著。

「那晚妳和他在湖中做的事，我都看見了。妳不是想回家嗎？妳不是不喜歡他嗎？為什麼還要叫得那麼浪！」

手臂猝不及防地撞上石板，劇烈疼痛讓季婉倏地清醒，看著面容扭曲的闞義成，她才反應過來他在說些什麼，這個一貫溫柔風雅的少年，只一轉眼，便暴露了本性。

「這就是真正的你？」季婉於他本就沒什麼交情，自然也沒打算辯解什麼，忍著疼從地上爬起，準備離開。

闞義成怎麼可能讓她就這樣走？

再一次擒住了她，這次不再是將她推到地上，而是放肆地強抱她入懷：「對，我本來就是這樣的人！闞首歸就有那麼好嗎？他能給妳的，我也可以，他能弄得妳舒服，我也行！」

季婉被他晃得頭暈，再也忍無可忍，用足了力氣一巴掌扇了過去。

「滾開！」

箝制住季婉的那雙手終於離開了。

這一巴掌打得闞義成歪了頭，因為憤怒而微抿的唇畔隱約多了一條鮮血，浮現指印的俊顏肌肉輕跳。

片刻的平靜後，他倏地看向了季婉，瞳中已是藏不住的凶狠，手指拭去了唇邊血跡，他詭異地笑了起來，再次步步緊逼。

離去的路被闞義成擋住了，季婉只能倉皇地往後退，身後不遠處卻是高高的露臺。

「你別過來！」

不再偽善的男人有著從骨子裡發出的瘋狂，克制已久的本性終於暴露，他是興奮的，徹頭徹尾地失去了控制，看著季婉顫顫巍巍地退上了露臺，他笑得非常開心。

「阿婉，妳後面沒有路了，會死的……過來吧，我能給妳一切。阿依娜不過是個賤人，妳不一樣，我很喜歡很喜歡妳，我會殺了王兄，讓妳做高昌的大王妃……我都能做到。」

季婉一直在搖頭，纖細的身影本能地往後退，現在的闞義成和瘋子沒有兩樣，怨不得此前闞首歸會警告她遠離他。

重點是，自己並不信闞義成的話，他們不過見過幾面罷了，談何喜歡？

「我不知道你在說什麼，我也不需要這些，你不要再過來了！」

闞義成已經癲狂到極點，滿腦子都是季婉和闞首歸歡愛的畫面。因為她，自己不得不提前了所有的計畫，甚至要娶阿依娜得到烏夷國的支持。

而她呢，卻自始至終都沒將自己放在心上。

「我當初確實只是想搶走闞首歸的東西，可是在花樹下見到妳的時候，妳轉身看向我的那一眼，我心動了。」

他的羞怯、溫柔、小心翼翼，並不全是偽裝，更多的是因為怦然心動，而情不自禁流露出來的。

「夠了！不要再說了！」

人心的可怕之處就在於此，季婉如何都想不到那不經意的初見，其實也是包藏禍心的。這個讓她驚豔剎那的少年，原來……

三步、兩步、一步……她已經無路可退了，身後的露臺高約十來公尺，掉下去非死即殘，而逼近的男人雖然口口聲聲說著深情，他蘊含殺意的眼神早已出賣了他。

季婉緊張地攥緊了手，悶熱的空氣裡都是危險，她焦急地看著後方，萊麗還沒有回來。

「別怕，我說了喜歡妳的，只要阿婉願意，一年的時間……不，半年就可以。我就能實現一切，殺了闞伯周和闞首歸，屆時我便是這高昌的王，妳就是王妃，好不好？」

「阿成，你先冷靜一點。」季婉強忍著鎮靜，試圖安撫他的狂躁。

沉醉在宏圖大夢中的闞義成朗笑著，只要再上前一步，或是伸伸手，這個無情拒絕他的女人，大概就會永遠死在這裡了。

「冷靜？我知道自己在做什麼，我只問妳最後一次，願意還是不願意？」

他止住了笑，可怕的目光鎖定著季婉，毫無耐心地等待著最後的答案。

季婉根本就不想考慮這個問題，她的人生簡直糟糕透了，一個闞首歸就算了，現在又出來個闞義成，她從來沒有想過去招惹誰，偏偏他們都不放過她！

「你不要這樣，你說過我們是朋友的，阿成，不要逼我。」

「朋友？」闞義成自嘲的笑了笑：「我若不這樣說，妳根本就不會讓我接近，我才不稀罕做什麼朋友，我只想讓妳做我的女人！」

他猛地上前，季婉嚇得險些摔了下去，驚呼著站穩了腳，闞義成卻並沒有打算扶住她，他甚至已經做好了攻擊的準備。

「我大概猜到妳的答案了，真是讓人失望。」

「你要做什麼？啊——」

重力推來時，季婉緊張地閉上了眼。

——《高昌王妃 上》完

高寶書版集團
gobooks.com.tw

ERO2
高昌王妃 上

作　　者　黛妃
繪　　者　JNE*靜
編　　輯　林思妤
校　　對　任芸慧
美術編輯　林鈞儀
排　　版　彭立瑋

發 行 人　朱凱蕾
出　　版　三日月書版股份有限公司
　　　　　Printed in Taiwan
地　　址　臺北市內湖區洲子街88號3樓
網　　址　www.gobooks.com.tw
電　　話　(02) 27992788
電　　郵　readers@gobooks.com.tw（讀者服務部）
傳　　真　出版部　(02) 27990909　行銷部 (02) 27993088
郵政劃撥　50404557
戶　　名　三日月書版股份有限公司
發　　行　英屬維京群島商高寶國際有限公司台灣分公司
　　　　　Global Group Holdings, Ltd.
初版日期　2020年6月
三刷日期　2021年8月

國家圖書館出版品預行編目(CIP)資料

高昌王妃 上 / 黛妃著.-- 初版. -- 臺北市：三日月書版股份有限公司出版：英屬維京群島高寶國際有限公司臺灣分公司發行, 2020.06-
面；　公分. --

ISBN 978-986-361-823-2(平裝)

857.7　　109003340

三日月書版

三日月書版

GOBOOKS
& SITAK
GROUP©

GOBOOKS & SITAK GROUP©